朱自清散文

朱自清 ———— 著

中国青年出版社

目 录

匆　匆	001
刹　那	003
春	007
我是扬州人	009
新年底故事	014
择偶记	019
歌　声	022
看　花	024
扬州的夏日	028
说扬州	031
背　影	035
执政府大屠杀记	038
憎	046
我所见的叶圣陶	050
《老张的哲学》与《赵子曰》	054

桨声灯影里的秦淮河	061
冬　天	069
一封信	071
白马湖	075
海行杂记	078
温州的踪迹	084
春晖的一月	091
阿　河	096
初到清华记	104
哀韦杰三君	107
荷塘月色	110
怀魏握青君	113
儿　女	116
给亡妇	123
南　京	128
潭柘寺　戒坛寺	133
松堂游记	137
房东太太	140
巴　黎	146
文人宅	165
加尔东尼市场	171
买　书	173
北平沦陷那一天	176

蒙自杂记 —————————————— 179
外东消夏录 ————————————— 183
重庆行记 —————————————— 189
回来杂记 —————————————— 198

匆　匆

燕子去了，有再来的时候；杨柳枯了，有再青的时候；桃花谢了，有再开的时候。但是，聪明的，你告诉我，我们的日子为什么一去不复返呢？——是有人偷了他们罢：那是谁？又藏在何处呢？是他们自己逃走了罢：现在又到了哪里呢？

我不知道他们给了我多少日子；但我的手确乎是渐渐空虚了。在默默里算着，八千多日子已经从我手中溜去；像针尖上一滴水滴在大海里，我的日子滴在时间的流里，没有声音，也没有影子。我不禁头涔涔而泪潸潸了。

去的尽管去了，来的尽管来着；去来的中间，又怎样地匆匆呢？早上我起来的时候，小屋里射进两三方斜斜的太阳。太阳他有脚啊，轻轻悄悄地挪移了；我也茫茫然跟着旋转。于是——洗手的时候，日子从水盆里过去；吃饭的时候，日子从饭碗里过去；默默时，便从凝然的双眼前过去。我觉察他去的匆匆了，伸出手遮挽时，他又从遮挽着的手边过去，天黑时，我躺在床上，他便伶伶俐俐地从我身上跨过，从我脚边飞去了。等我睁开眼和太阳再见,这算又溜走了一日。我掩着面叹息。但是新来的日子的影儿又开始在叹息里闪过了。

在逃去如飞的日子里,在千门万户的世界里的我能做些什么呢?只有徘徊罢了,只有匆匆罢了;在八千多日的匆匆里,除徘徊外,又剩些什么呢?过去的日子如轻烟,被微风吹散了,如薄雾,被初阳蒸融了;我留着些什么痕迹呢?我何曾留着像游丝样的痕迹呢?我赤裸裸来到这世界,转眼间也将赤裸裸的回去罢?但不能平的,为什么偏要白白走这一遭啊?

你聪明的,告诉我,我们的日子为什么一去不复返呢?

刹 那

我所谓"刹那",指"极短的现在"而言。

在这个题目下面,我想略略说明我对于人生的态度。现在人说到人生,总要谈它的意义与价值;我觉得这种"谈"是没有意义与价值的。且看古今多少哲人,他们对于人生,都曾试作解人,议论纷纷,莫衷一是;他们"各思以其道易天下",但是谁肯真个信从呢?——他们只有自慰自驱罢了!我觉得人生的意义与价值横竖是寻不着的;——至少现在的我们是如此——而求生的意志却是人人都有的。既然求生,当然要求好好的生。如何求好好的生,是我们各人"眼前的"最大的问题;而全人生的意义与价值却反是大而无当的东西,尽可搁在一旁,存而不论。因为要求好好的生,断不能用总解决的办法;若用总解决的办法,便是"好好的"三个字的意义,也尽够你一生的研究了,而"好好的生"终于不能努力去求的!这不是走入牛角湾里去了么?要求好好的生,须零碎解决,须随时随地去体会我生"相当的"意义与价值;我们所要体会的是刹那间的人生,不是上下古今东西南北的全人生!

着眼于全人生的人,往往忘记了他自己现在的生活。他们或以为人生的意义与价值在于过去;时时回顾着从前的黄金时代,涎垂三尺!而不知他们所回顾的黄金时代,实是传说的黄金时代!——就是真有黄金时代,区区的回顾又岂能将它招回来呢?他们又因为念旧的情怀,往往将自己的过去任情扩大,加以点染,作为回顾的资料,惆怅的因由。这种人将在惆怅,惋惜之中度了一生,永没有满足的现在——一刹那也没有!惆怅惋惜常与彷徨相伴;他们将彷徨一生而无一刹那的成功的安息!这是何等的空虚呀。着眼于全人生的,或以为人生的意义与价值在于将来;时时等待着将来的奇迹。而将来的奇迹真成了奇迹,永不降临于笼着手,垫着脚,伸着颈,只知道"等待"的人!他们事事都等待"明天"去做,"今天"却专作为等待之用;自然的,到了明天,又须等待明天的明天了。这种人到了死的一日,将还留着许许多多明天"要"做的事——只好来生再做了吧!他们以将来自驱,在徒然的盼望里送了一生,成功的安慰不用说是没有的,于是也没有满足的一刹那!"虚空的虚空"便是他们的运命了!这两种人的毛病,都在远离了现在——尤其是眼前的一刹那。

着眼于现在的人未尝没有。自古所谓"及时行乐",正是此种。但重在行乐,容易流于纵欲;结果偏向一端,仍不能得着健全的,谐和的发展——仍不能得着好好的生!况且所谓"及时行乐",往往"醉翁之意不在酒";不过借此掩盖悲哀,并非真正在行乐。杨恽说,"及时行乐耳;须富贵何时!"明明是不得志时的牢骚语。"遇饮酒时须饮酒,得高歌处且高歌",明明是哀时事不可为而厌世的话。这都是消极的!消极的行乐,虽属及时,而意别有所寄;所以便不能认真做去,所以便不能体会行乐的一刹那的意义与价值——虽然行乐,不满足还是依然,甚至变本加厉呢！欧洲的颓废派，自荒于酒色，以求得刹那间官能的享乐为满足；在这些时候，他们见着美丽的幻象，认识了自己。他们的官能虽较从前人敏锐多多，但心情与纵欲的及时行乐的人正是大同小异。他们觉到现世的苦痛，已至忍无可忍的时候，才用颓废的方法，以求暂时的遗忘；正如糖面金鸡纳霜丸一般，面子上一点甜，里面却到心都是苦呀！友人某君说，颓废便是慢性的自杀，实能道出这一派的精微处。总之，无论行乐派，颓废派，深浅虽有不同，却都是"伤心人别有怀抱"；他们有意的或无意的企图"生之毁灭"。这是求生意志的消极的表现；这种表现当然不能算是好好的生了。他们面前的满足安慰他们的力量，决不抵他们背后的不满足压迫他们的力量；他们终于不能解脱自己，仅足使自己沉沦得更深而已！他们所认识的自己，只是被苦痛压得变形了的，虚空的自己；决不是充实的生命，决不是的！所以他们虽着眼于现在，而实未体会现在一刹那的生活的真味；他们不曾体会着一刹那的意义与价值，仍只是白辜负他们的刹那的现在！

我们目下第一不可离开现在，第二还应执着现在。我们应该深入现在的里面，用两只手揿牢它，愈牢愈好！已往的人生如何的美好，或如何的乏味而可憎；已往的我生如何的可珍惜，或如何的可厌弃，"现在"都可不必去管它，因为过去的已"过去"了。——孔子岂不说："往者不可谏"么？将来的人生与我生，也应作如是观；无论是有望，是无望，是绝望，都还是未来的事，何必空空的操心呢？要晓得"现在"是最容易明白的；"现在"虽不是最好，却是最可努力的地方，就是我们最能管的地方。因为是最能管的，所以是最可爱的。古尔孟曾以葡萄喻人生：说早晨还酸，傍晚又太熟了，最可口的是正午时摘下的。这正午的一刹那，是最可爱的一刹那，便是现在。事情已过，追想是无用的；事情未来，预想也是无用的；只有在事情正来的时候，我们可以把捉它，发展它，改正它，补充它：使它健全，谐和，成为完满的一段落，一历程。历程的满足，给我们相当的欢喜。譬如我来此演讲，在讲的一刹那，我只专心致志的讲，决不想及演讲以前吃饭，看书等事，也不想及演讲以后发表讲稿，毁誉等事。——我说我所爱说的，说一句是一句，都是我心里的话。我说完一句时，心里便轻松了一些，这就是相当的快乐了。这种历程的满足，便是我所谓"我生相当的意义与价值"，便是"我们所能体会的刹那间的人生"。无论您对于全人生有如何的见解，这刹那间的意义与价值总是不可埋没的。您若说人生如电光泡影，则刹那便是光的一闪，影的一现。这光影虽是暂时的存在，但是有不是无，是实在不是空虚；这一闪一现便是实现，也便是发展——也便是历程的满足。您若说人生是不朽的，刹那的生当然也是不朽的。您若说人生向着死之路，那么，未死前的一刹那总是生，总值得好好的体会一番的；何况未死前还有无量数的刹那呢？您若说人生是无限的，好，刹那也可说是无限的。无论怎样说，刹那总是有的，总是真的；刹那间好好的生总可以体会的。好了，不要思前想后的了，耽误了"现在"，又是后来惋惜的资料，向谁去追索呀？你们"正在"做什么，就尽力做什么吧；最好的是 -ing，可宝贵的 -ing 呀！你们要努力满足"此时此地此我"！——这叫做"三此"，又叫做刹那。

言尽于此，相信我的，不要再想，赶快去做你今晚的事吧；不相信的，也不要再想，赶快去做你今晚的事吧！

春

盼望着,盼望着,东风来了,春天的脚步近了。

一切都像刚睡醒的样子,欣欣然张开了眼。山朗润起来了,水涨起来了,太阳的脸红起来了。

小草偷偷地从土里钻出来,嫩嫩的,绿绿的。园子里,田野里,瞧去,一大片一大片满是的。坐着,躺着,打两个滚,踢几脚球,赛几趟跑,捉几回迷藏。风轻悄悄的,草绵软软的。

桃树、杏树、梨树,你不让我,我不让你,都开满了花赶趟儿。红的像火,粉的像霞,白的像雪。花里带着甜味,闭了眼,树上仿佛已经满是桃儿、杏儿、梨儿!花下成千成百的蜜蜂嗡嗡地闹着,大小的蝴蝶飞来飞去。野花遍地是:杂样儿,有名字的,没名字的,散在草丛里,像眼睛,像星星,还眨呀眨的。

"吹面不寒杨柳风",不错的,像母亲的手抚摸着你。风里带来些新翻的泥土的气息,混着青草味,还有各种花的香,都在微微润湿的空气里酝酿。鸟儿将窠巢安在繁花嫩叶当中,高兴起来了,呼朋引伴地卖弄清脆的喉咙，唱出宛转的曲子，与轻风流水应和着。牛背上牧童的短笛，这时候也成天在嘹亮地响。

雨是最寻常的，一下就是三两天。可别恼。看，像牛毛，像花针，像细丝，密密地斜织着，人家屋顶上全笼着一层薄烟。树叶子却绿得发亮，小草也青得逼你的眼。傍晚时候，上灯了，一点点黄晕的光，烘托出一片安静而和平的夜。乡下去，小路上，石桥边，撑起伞慢慢走着的人；还有地里工作的农夫，披着蓑，戴着笠的。他们的草屋，稀稀疏疏的在雨里静默着。

天上风筝渐渐多了，地上孩子也多了。城里乡下，家家户户，老老小小，他们也赶趟儿似的，一个个都出来了。舒活舒活筋骨，抖擞抖擞精神，各做各的一份事去。"一年之计在于春"；刚起头儿，有的是工夫，有的是希望。

春天像刚落地的娃娃，从头到脚都是新的，它生长着。

春天像小姑娘，花枝招展的，笑着，走着。

春天像健壮的青年，有铁一般的胳膊和腰脚，他领着我们上前去。

我是扬州人

有些国语教科书里选得有我的文章,注解里或说我是浙江绍兴人,或说我是江苏江都人——就是扬州人。有人疑心江苏江都人是错了,特地老远的写信托人来问我。我说两个籍贯都不算错,但是若打官话,我得算浙江绍兴人。浙江绍兴是我的祖籍或原籍,我从进小学就填的这个籍贯;直到现在,在学校里服务快三十年了,还是报的这个籍贯。不过绍兴我只去过两回,每回只住了一天;而我家里除先母外,没一个人会说绍兴话。

我家是从先祖才到江苏东海做小官。东海就是海州,现在是陇海路的终点。我就生在海州。四岁的时候先父又到邵伯镇做小官,将我们接到那里。海州的情形我全不记得了,只对海州话还有亲热感,因为父亲的扬州话里夹着不少海州口音。在邵伯住了差不多两年,是住在万寿宫里。万寿宫的院子很大,很静;门口就是运河。河坎很高,我常向河里扔瓦片玩儿。邵伯有个铁牛湾,那儿有一条铁牛镇压着。父亲的当差常抱我去看它,骑它,抚摩它。镇里的情形我也差不多忘记了。只记住在镇里一家人家的私塾里读过书,在那里认识了一个好朋友叫江家振。我常到他家玩儿,傍晚和他坐在他家荒园里一根横倒的枯树干上说着话,依依不舍,不想回家。这是我第一个好朋友,可惜他未成年就死了;记得他瘦得很,也许是肺病吧?

六岁那一年父亲将全家搬到扬州。后来又迎养先祖父和先祖母。父亲曾到江西做过几年官,我和二弟也曾去过江西一年;但是老家一直在扬州住着。我在扬州读初等小学,没毕业;读高等小学,毕了业;读中学,也毕了业。我的英文得力于高等小学里一位黄先生,他已经过世了。还有陈春台先生,他现在是北平著名的数学教师。这两位先生讲解英文真清楚,启发了我学习的兴趣;只恨我始终没有将英文学好,愧对这两位老师。还有一位戴子秋先生,也早过世了,我的国文是跟他老人家学着做通了的。那是辛亥革命之后在他家夜塾里的时候。中学毕业,我是十八岁,那年就考进了北京大学预科,从此就不常在扬州了。

就在十八岁那年冬天,父亲母亲给我在扬州完了婚。内人武钟谦女士是杭州籍,其实也是在扬州长成的。她从不曾去过杭州;后来同我去是第一次。她后来因为肺病死在扬州,我曾为她写过一篇《给亡妇》。我和她结婚的时候,祖父已死了好几年了。结婚后一年祖母也死了。他们两老都葬在扬州,我家于是有祖茔在扬州了。后来亡妇也葬在这祖茔里。母亲在抗战前两年过去,父亲在胜利前四个月过去,遗憾的是我都不在扬州;他们也葬在那祖茔里。这中间叫我痛心的是死了第二个女儿!她性情好,爱读书,做事负责任,待朋友最好。已经成人了,不知什么病,一天半就完了!她也葬在祖茔里。我有九个孩子。除第二个女儿外,还有一个男孩不到一岁就死在扬州;其余亡妻生的四个孩子都曾在扬州老家住过多少年。这个老家直到今年夏初才解散了,但是还留着一位老年的庶母在那里。

我家跟扬州的关系,大概够得上古人说的"生于斯,死于斯,歌哭于斯"了。现在亡妻生的四个孩子都已自称为扬州人了;我比起他们更算是在扬州长成的,天然更该算是扬州人了。但是从前一直马马虎虎的骑在墙上,并且自称浙江人的时候还多些,又为了什么呢?这一半因为报的是浙江籍,求其一致;一半也还有些别的道理。这些道理第一桩就是籍贯是无所谓的。那时要做一个世界人,连国籍都觉得狭小,不用说省籍和县籍了。那时在大学里觉得同乡会最没有意思。我同住的和我来往的自然差不多都是扬州人,自己却因为浙江籍,不去参加江苏或扬州同乡会。可是虽然是浙江绍兴籍,却又没跟一个道地浙江人来往,因此也就没人拉我去开浙江同乡会,更不用说绍兴同乡会了。这也许是两栖或骑墙的好处吧?然而出了学校以后到底常常会到道地绍兴人了。我既然不会说绍兴话,并且除了花雕和兰亭外几乎不知道绍兴的别的情形,于是乎往往只好自己承认是假绍兴人。那虽然一半是玩笑,可也有点儿窘的。

还有一桩道理就是我有些讨厌扬州人;我讨厌扬州人的小气和虚气。小是眼光如豆,虚是虚张声势,小气无须举例。虚气例如已故的扬州某中央委员,坐包车在街上走,除拉车的外,又跟上四个人在车子边推着跑着。我曾经写过一篇短文,指出扬州人这些毛病。后来要将这篇文收入散文集《你我》里,商务印书馆不肯,怕再闹出"闲话扬州"的案子。这当然也因为他们总以为我是浙江人,而浙江人骂扬州人是会得罪扬州人的。但是我也并不抹煞扬州的好处,曾经写过一篇《扬州的夏日》,还有在《看花》里也提起扬州福缘庵的桃花。再说现在年纪大些了,觉得小气和虚气都可以算是地方气,绝不止是扬州人如此。从前自己常答应人说自己是绍兴人，一半又因为绍兴人有些憨气，而扬州人似乎太聪明。其实扬州人也未尝没憨气，我的朋友任中敏（二北）先生，办了这么多年汉民中学，不管人家理会不理会，难道还不够"憨"的！绍兴人固然有憨气，但是也许还有别的气我讨厌的，不过我不深知罢了。这也许是阿Q的想法罢？然而我对于扬州的确渐渐亲热起来了。

扬州真像有些人说的，不折不扣是个有名的地方。不用远说，李斗《扬州画舫录》里的扬州就够羡慕的。可是现在衰落了，经济上是一日千丈的衰落了，只看那些没精打采的盐商家就知道。扬州人在上海被称为江北老，这名字总而言之表示低等的人。江北老在上海是受欺负的，他们于是学些不三不四的上海话来冒充上海人。到了这地步他们可竟会忘其所以的欺负起那些新来的江北老了。这就养成了扬州人的自卑心理。抗战以来许多扬州人来到西南，大半都自称为上海人，就靠着那一点不三不四的上海话；甚至连这一点都没有，也还自称为上海人。其实扬州人在本地也有他们的骄傲的。他们称徐州以北的人为侉子，那些人说的是侉话。他们笑镇江人说话土气，南京人说话大舌头，尽管这两个地方都在江南。英语他们称为蛮话，说这种话的当然是蛮子了。然而这些话只好关着门在家里说，到上海一看，立刻就会矮上半截，缩起舌头不敢啧一声了。扬州真是衰落得可以啊！

我也是一个江北老，一大堆扬州口音就是招牌，但是我却不愿做上海人；上海人太狡猾了。况且上海对我太生疏，生疏的程度跟绍兴对我也差不多；因为我知道上海虽然也许比知道绍兴多些，但是绍兴究竟是我的祖籍，上海是和我水米无干的。然而年纪大起来了，世界人到底做不成，我要一个故乡。俞平伯先生有一行诗，说"把故乡掉了"。其实他掉了故乡又找到了一个故乡；他诗文里提到苏州那一股亲热，是可羡慕的，苏州就算是他的故乡了。他在苏州度过他的童年，所以提起来一点一滴都亲亲热热的，童年的记忆最单纯最真切，影响最深最久；种种悲欢离合，回想起来最有意思。"青灯有味是儿时"，其实不止青灯，儿时的一切都是有味的。这样看，在哪儿度过童年，就算哪儿是故乡，大概差不多罢？这样看，就只有扬州可以算是我的故乡了。何况我的家又是"生于斯，死于斯，歌哭于斯"呢？所以扬州好也罢，歹也罢，我总该算是扬州人的。

新年底故事

昨天家里来了些人到厨房里煮出些肉包子，糖馒头，和三大块风糖糕来；他们倒是好人哩！娘和姊姊嫂嫂裹得好粽子；娘只许我吃一个，嫂嫂又给我一个，叫我别告诉娘；我又跟姊姊要，姊姊说我再吃不得了；——好笑，伊吃得，我吃不得！——后来郭妈妈偷给我一个，拿在手里给我看了，说替我收着，饿了好吃。

肉包子，糖馒头，风糖糕，我都吃了些，又趁娘他们不见，每样拿了几个，将袍子兜了，想藏在床里去；不想间壁一只狗跑来，尽向我身上闻，我又怕又急，只得紧紧抱着袍角儿跑；狗也跟着，我便叫起来。娘在厨房里骂我"又作死了"，又叫姊姊。一会大姊姊来了，将狗打走；夺开我的兜儿一看，说"你拿这些，还吃死了呢！"伊每样留下一个，别的都拿去了；伊收到自己床里去呢！晚间郭妈妈又和我要去一块风糖糕；我只吃了一个肉包子和糖馒头罢了。

今晚上家里桌子、椅子都披上红的、花的衫儿，好看呢！到处点着红的蜡烛；他们磕起头来，我跟着磕了一会；爸爸、娘又给他俩磕头，我也磕了。他们问我墙上挂着，画的两个人儿是谁？我说"一个男人一个女人"。娘笑说，"这是祖爷爷和祖奶奶哩！"我想他们只有这样大的！——呀！桌子摆好了！我先爬上凳子跪得高高地，筷子紧紧捏在手里；他们也都坐拢来。李二拿了好些盘菜放在桌上，又端一碗东西放在盘子中间，热气腾腾地直冒；我赶紧拿着筷子先向了几向，才伸出去；菜还没有夹着，早见娘两只眼正看着我呢，伊鼻子眼里哼了一声，我只得赸赸地将筷子缩回来，放在嘴里咂着。姊姊望着我笑，用指头刮着脸羞我；我别转脸来，咕嘟着嘴不睬伊。后来娘他们都动筷子了，他们一筷一筷地夹了许多菜给我；我不管好歹，眼里只顾看着面前的一只碗，嘴里不住地嚼着。嚼到后来，忽然不要嚼了；眼里看着，心里爱着，只是菜不知怎么，都不好吃了。——我只得让他们剩在碗里，独自一个攀着桌子爬下来了。

娘房里，哥哥嫂嫂房里，姊姊房里都点着一对通红的大蜡烛；郭妈妈也将我们房里的点了，叫我去看。我要爬到桌上去看，郭妈妈不许，我便跳起来嚷着。伊大声叫道，"太太，你看，宝宝要玩蜡烛哩！"娘在伊房里说，"好儿子，别闹，你娘给好东西你吃！"伊果然拿着一盘茶果进来；又有一个红纸包儿，说是一块钱，给我"压岁"的，娘交给郭妈妈收着，说不许我瞎用。我只顾抓茶果吃，又在小箱子里拿出些我的泥宝宝来：这一个是小娘娘八月节买给我的，这一个是施伟仁送我的，这些是爸爸在上海买来的。我教他们都站在桌上，每人面前，放些茶果，叫他们吃。——呀！他们怎么不吃！我看见娘放好几碗菜在画的人儿面前，给他们吃；我的宝宝们为什么不吃呢？呵！只怕我没有磕头罢，赶快磕头罢！

郭妈妈说话了；伊抱着我说，"明天过年了，多有趣呢！"粽子，包子，都听我吃。衣服，鞋子，帽子都穿新的——要"斯文"些。舅舅家的阿龙，阿虎，娘娘家的毛头，三宝都来和我玩耍。伊说有许多地方耍把戏的，只要我们不闹，便带我们去。我忙答应说，"好妈妈，宝宝是不闹的，你带了他去罢！"伊点点头，我便放心了。伊又说要买些花炮给我家来放，伊说去年我也放过；好有趣哩！伊一头说，一头拍着我，我两个眼皮儿渐渐地合拢了。

我果然同着阿龙、阿虎他们在附近一个大操场上；我抱在郭妈妈怀里，看着耍猴把戏的。那猴儿一上一下爬着杆儿，我只笑着用手不住地指着叫"咦！咦！"忽然旁边有一个人说，"他看你呢！"我仔细一看，猴儿果然在看我，便吓得要哭；那人忽然笑了一个可怕的笑，说，"看着我罢！"我又安了心。忽然一声锣响，我回头一看，我已在一个不识的人的怀里了！我哭着，叫着，挣着；耳边忽然郭妈妈说，"宝宝怎么了，妈妈在这里。不怕的！"我才晓得还在郭妈妈怀里；只不知怎么便回来了？

太阳在地板上了，郭妈妈起来。我也揉着眼睛；开眼一看，桌上我的宝宝们都睡着了——他们也要睡觉呢。青梅呢？我的小青梅呢？宝宝顶顶喜欢的青梅呢？怎么没了？我哭了。郭妈妈忙跑来问什么事，我哭着全告诉了伊。伊在桌上找了一阵；在地板上太阳里找着一片核子，说被"绿尾巴"吃了。我忙说，"唔！宝宝怕！"将头躲在伊怀里；伊说，"不怕，日里他不来的，你只要不哭好了！"我要起来，伊叫我等着，拿衣服给我穿；伊拿了一件花棉袄，棉裤，一件红而亮的袍子，一件有毛的背心，是黑的，还有双花鞋，一个有许多金宝宝的风帽；伊帮我穿了衣和鞋，手里拿着风帽，说洗了脸才许戴呢。我真喜欢那个帽，赶忙地央着郭妈妈拿水来给我洗了脸，拍了粉，又用筷子给点胭脂在我眉毛里，和鼻子上，又给我戴了风帽；说今天会有人要我做小女婿呢。我欢天喜地跑到厨房里，赶着人叫"恭喜"——这是郭妈妈教我的。一会郭妈妈端了一碗白圆子和一个粽子给我吃了；叫我跟着伊到菩萨前，点起香烛磕头，又给爸爸娘他们磕头。郭妈妈说有事去，叫我好好玩，不要弄污了衣服，毛头、三宝就要来了。

　　好多时，毛头、三宝和小娘娘都来了。我和他们忙着办菜给我的泥宝宝吃；正拿着些点心果子，切呀剥的，郭妈妈走来，说带我们上街去。我们立刻丢下那些跟着他走。街上门都关着；我们常买落花生的小店也关了。一处处有"斯奉斯奉昌……铛铛铛铛鞳"的声音。我问郭妈妈，伊说是打锣鼓呢。又看见一家门口一个人一只手拿着一挂红红白白的东西，一搭一搭的，那只手拿着一根"煤头"要烧；郭妈妈忙说，"放爆竹了。"叫我们站住，用手闭了耳朵，伊说"不要怕，有我呢"。我见那爆竹一个个地跳了开去，仿佛有些响，右手这一松，只听见"劈！拍！"，我一只耳朵几乎震聋了，赶紧地将他闭好，将身子紧紧挨着郭妈妈，一动也不敢动。爆竹只怕不放了，郭妈妈叫我们放下手，我只是指着不肯放；郭妈妈气着说，"你看这孩子！……"伊将我的手硬拖下来了。走了不远，有一个摊儿；我们近前一看，花花绿绿的，好东西多着呢！我央着郭妈妈买。伊给我买了一副黑眼镜，一个鬼脸，一个胡须，一把木刀，又给毛头买了一个胡须，给三宝买了一个胡须。我戴了眼镜，叫郭妈妈给我安了胡须；又趁三宝看着我，将伊手里的胡须夺了就跑，三宝哭了，毛头走来追我。我一个不留意，将右脚踏在水潭里，心里着急，想娘又要骂了。毛头已将胡须拿给三宝；他们和郭妈妈走来。伊说我一顿，我只有哭了；伊又抱起我说，"好宝宝，别哭，郭妈妈回来给你换一双，包不叫娘晓得；只下次再不许这样了。"我答应我们就回来了。

　　今晚是初五。郭妈妈和我说，明天新衣服要脱下来，椅子桌子红的，花的衫儿也不许穿了,粽子,肉包子,糖馒头,风糖糕,只有明天一早好吃了;阿龙,阿虎他们都不来了;叫我安稳些,好等后天上学堂念书罢!他们真动手将桌子,椅子的衫儿脱下,墙上画的人儿也卷起了。我一毫不想玩耍,只睡在床上哭着。郭妈妈拿了一支快点完的红蜡烛,到床边问道,"你又怎么了?谁给气宝宝受;妈妈是不依的!"我说"现在年不过了!"伊说,"痴孩子,为这个么!我是骗骗你的;明天我们正要到舅舅家过年去呢!起来罢,别哭了。"我听了伊的话,笑着坐起来,问道,"妈妈,是真的么?别哄你宝宝哩。"

择偶记

自己是长子长孙,所以不到十一岁就说起媳妇来了。那时对于媳妇这件事简直茫然,不知怎么一来,就已经说上了。是曾祖母娘家人,在江苏北部一个小县份的乡下住着。家里人都在那里住过很久,大概也带着我;只是太笨了,记忆里没有留下一点影子。祖母常常躺在烟榻上讲那边的事,提着这个那个乡下人的名字。起初一切都像只在那白腾腾的烟气里。日子久了,不知不觉熟悉起来了,亲昵起来了。除了住的地方,当时觉得那叫做"花园庄"的乡下实在是最有趣的地方了。因此听说媳妇就定在那里,倒也仿佛理所当然,毫无意见。每年那边田上有人来,蓝布短打扮,衔着旱烟管,带好些大麦粉、白薯干儿之类。他们偶然也和家里人提到那位小姐,大概比我大四岁,个儿高,小脚;但是那时我热心的其实还是那些大麦粉和白薯干儿。

记得是十二岁上,那边捎信来,说小姐痨病死了。家里并没有人叹惜;大约他们看见她时她还小,年代一多,也就想不清是怎样一个人了。父亲其时在外省做官,母亲颇为我亲事着急,便托了常来做衣服的裁缝做媒。为的是裁缝走的人家多,而且可以看见太太小姐。主意并没有错,裁缝来说一家人家,有钱,两位小姐,一位是姨太太生的;他给说的是正太太生的大小姐。他说那边要相亲。母亲答应了,定下日子,由裁缝带我上茶馆。记得那是冬天,到日子母亲让我穿上枣红宁绸袍子,黑宁绸马褂,戴上红帽结儿的黑缎瓜皮小帽,又叮嘱自己留心些。茶馆里遇见那位相亲的先生,方面大耳,同我现在年纪差不多,布袍布马褂,像是给谁穿着孝。这个人倒是慈祥的样子,不住地打量我,也问了些念什么书一类的话。回来裁缝说人家看得很细:说我的"人中"长,不是短寿的样子,又看我走路,怕脚上有毛病。总算让人家看中了,该我们看人家了。母亲派亲信的老妈子去。老妈子的报告是,大小姐个儿比我大得多,坐下去满满一圈椅;二小姐倒苗苗条条的。母亲说胖了不能生育,像亲戚里谁谁谁;教裁缝说二小姐。那边似乎生了气,不答应,事情就摧了。

母亲在牌桌上遇见一位太太,她有个女儿,透着聪明伶俐。母亲有了心,回家说那姑娘和我同年,跳来跳去的,还是个孩子。隔了些日子,便托人探探那边口气。那边做的官似乎比父亲的更小,那时正是光复的前年,还讲究这些,所以他们乐意做这门亲。事情已到九成九,忽然出了岔子。本家叔祖母用的一个寡妇老妈子熟悉这家子的事,不知怎么教母亲打听着了。叫她来问,她的话遮遮掩掩的。到底问出来了,原来那小姑娘是抱来的,可是她一家很宠她,和亲生的一样。母亲心冷了。过了两年,听说她已生了痨病,吸上鸦片烟了。母亲说,幸亏当时没有定下来。我已懂得一些事了,也这么想着。

光复那年,父亲生伤寒病,请了许多医生看。最后请着一位武先生,那便是我后来的岳父。有一天,常去请医生的听差回来说,医生家有位小姐。父亲既然病着,母亲自然更该担心我的事。一听这话,便追问下去。听差原只顺口谈天,也说不出个所以然。母亲便在医生来时,教人问他轿夫,那位小姐是不是他家的。轿夫说是的。母亲便和父亲商量,托舅舅问医生的意思。那天我正在父亲病榻旁,听见他们的对话。舅舅问明了小姐还没有人家,便说,像×翁这样人家怎么样?医生说,很好呀。话到此为止,接着便是相亲;还是母亲那个亲信的老妈子去。这回报告不坏,说就是脚大些。事情这样定局,母亲教轿夫回去说,让小姐裹上点儿脚。妻嫁过来后,说相亲的时候早躲开了,看见的是另一个人。至于轿夫捎的信儿,却引起了一段小小风波。岳父对岳母说,早教你给她裹脚,你不信;瞧,人家怎么说来着!岳母说,偏偏不裹,看他家怎么样!可是到底采取了折衷的办法,直到妻嫁过来的时候。

歌　声

　　昨晚中西音乐歌舞大会里"中西丝竹和唱"的三曲清歌，真令我神迷心醉了。

　　仿佛一个暮春的早晨，霏霏的毛雨[1]默然洒在我脸上，引起润泽，轻松的感觉。新鲜的微风吹动我的衣袂，像爱人的鼻息吹着我的手一样。我立的一条白矾石的甬道上，经了那细雨，正如涂了一层薄薄的乳油；踏着只觉越发滑腻可爱了。

　　这是在花园里。群花都还做她们的清梦。那微雨偷偷洗去她们的尘垢，她们的甜软的光泽便自焕发了。在那被洗去的浮艳下，我能看到她们在有日光时所深藏着的恬静的红，冷落的紫，和苦笑的白与绿。以前锦绣般在我眼前的，现在都带了黯淡的颜色。——是愁着芳春的销歇么？是感着芳春的困倦么？

　　大约也因那濛濛的雨，园里没了秾郁的香气。涓涓的东风只吹来一

---

[1] 细雨如牛毛，扬州称为"毛雨"。

缕缕饿了似的花香；夹带着些潮湿的草丛的气息和泥土的滋味。园外田亩和沼泽里，又时时送过些新插的秧，少壮的麦，和成阴的柳树的清新的蒸气。这些虽非甜美，却能强烈地刺激我的鼻观，使我有愉快的倦怠之感。

  看啊，那都是歌中所有的：我用耳，也用眼，鼻，舌，身，听着；也用心唱着。我终于被一种健康的麻痹袭取了，于是为歌所有。此后只由歌独自唱着，听着；世界上便只有歌声了。

看　花

生长在大江北岸一个城市里，那儿的园林本是著名的，但近来却很少；似乎自幼就不曾听见过"我们今天看花去"一类话，可见花事是不盛的。有些爱花的人，大都只是将花栽在盆里，一盆盆搁在架上；架子横放在院子里。院子照例是小小的，只够放下一个架子；架上至多搁二十多盆花罢了。有时院子里依墙筑起一座"花台"，台上种一株开花的树；也有在院子里地上种的。但这只是普通的点缀，不算是爱花。

家里人似乎都不甚爱花；父亲只在领我们上街时，偶然和我们到"花房"里去过一两回。但我们住过一所房子，有一座小花园，是房东家的。那里有树，有花架（大约是紫藤花架之类），但我当时还小，不知道那些花木的名字；只记得爬在墙上的是蔷薇而已。园中还有一座太湖石堆成的洞门；现在想来，似乎也还好的。在那时由一个顽皮的少年仆人领了我去，却只知道跑来跑去捉蝴蝶；有时掐下几朵花，也只是随意揉弄着，随意丢弃了。至于领略花的趣味，那是以后的事：夏天的早晨，我们那地方有乡下的姑娘在各处街巷，沿门叫着，"卖栀子花来"。栀子花不是什么高品，但我喜欢那白而晕黄的颜色和那肥肥的个儿，正和那些卖花的姑娘有着相似的韵味。栀子花的香，浓而不烈，清而不淡，也是我乐意的。我这样便爱起花来了。也许有人会问，"你爱的不是花吧？"这个我自己其实也已不大弄得清楚，只好存而不论了。

在高小的一个春天，有人提议到城外F寺里吃桃子去，而且预备白吃；不让吃就闹一场，甚至打一架也不在乎。那时虽远在五四运动以前，但我们那里的中学生却常有打进戏园看白戏的事。中学生能白看戏，小学生为什么不能白吃桃子呢？我们都这样想，便由那提议人鸠合了十几个同学，浩浩荡荡地向城外而去。到了F寺，气势不凡地呵叱着道人们（我们称寺里的工人为道人），立刻领我们向桃园里去。道人们踌躇着说："现在桃树刚才开花呢。"但是谁信道人们的话？我们终于到了桃园里。大家都丧了气，原来花是真开着呢！这时提议人P君便去折花。道人们是一直步步跟着的，立刻上前劝阻，而且用起手来。但P君是我们中最不好惹的；"说时迟，那时快"，一眨眼，花在他的手里，道人已踉跄在一旁了。那一园子的桃花，想来总该有些可看；我们却谁也没有想着去看。只嚷着，"没有桃子，得沏茶喝！"道人们满肚子委屈地引我们到"方丈"里，大家各喝一大杯茶。这才平了气，谈谈笑笑地进城去。大概我那时还只懂得爱一朵朵的栀子花，对于开在树上的桃花，是并不了然的；所以眼前的机会，便从眼前错过了。

以后渐渐念了些看花的诗，觉得看花颇有些意思。但到北平读了几年书，却只到过崇效寺一次；而去得又嫌早些，那有名的一株绿牡丹还未开呢。北平看花的事很盛，看花的地方也很多；但那时热闹的似乎也只有一班诗人名士，其余还是不相干的。那正是新文学运动的起头，我们这些少年，对于旧诗和那一班诗人名士，实在有些不敬；而看花的地方又都远不可言，我是一个懒人，便干脆地断了那条心了。后来到杭州做事，遇见了Y君，他是新诗人兼旧诗人，看花的兴致很好。我和他常到孤山去看梅花。孤山的梅花是古今有名的，但太少；又没有临水的，人也太多。有一回坐在放鹤亭上喝茶，来了一个方面有须，穿着花缎马褂的人，用湖南口音和人打招呼道："梅花盛开嗒！""盛"字说得特别重，使我吃了一惊；但我吃惊的也只是说在他嘴里"盛"这个声音罢了，花的盛不盛，在我倒并没有什么的。

有一回，Y来说，灵峰寺有三百株梅花；寺在山里，去的人也少。我和Y，还有N君，从西湖边雇船到岳坟，从岳坟入山。曲曲折折走了好一会，又上了许多石级，才到山上寺里。寺甚小，梅花便在大殿西边园中。园也不大，东墙下有三间净室，最宜喝茶看花；北边有座小山，山上有亭，大约叫"望海亭"吧，望海是未必，但钱塘江与西湖是看得见的。梅树确是不少，密密地低低地整列着。那时已是黄昏，寺里只我们三个游人；梅花并没有开，但那珍珠似的繁星似的骨都儿，已经够可爱了；我们都觉得比孤山上盛开时有味。大殿上正做晚课，送来梵呗的声音，和着梅林中的暗香，真叫我们舍不得回去。在园里徘徊了一会，又在屋里坐了一会，天是黑定了，又没有月色，我们向庙里要了一个旧灯笼，照着下山。路上几乎迷了道，又两次三番地狗咬；我们的Y诗人确有些窘了，但终于到了岳坟。船夫远远迎上来道："你们来了，我想你们不会冤我呢！"在船上，我们还不离口地说着灵峰的梅花，直到湖边电灯光照到我们的眼。

Y回北平去了，我也到了白马湖。那边是乡下，只有沿湖与杨柳相间着种了一行小桃树，春天花发时，在风里娇媚地笑着。还有山里的杜鹃花也不少。这些日日在我们眼前，从没有人像煞有介事地提议："我们看花去。"但有一位S君,却特别爱养花;他家里几乎是终年不离花的。我们上他家去,总看他在那里不是拿着剪刀修理枝叶,便是提着壶浇水。我们常乐意看着。他院子里一株紫薇花很好,我们在花旁喝酒,不知多少次。白马湖住了不过一年,我却传染了他那爱花的嗜好。但重到北平时,住在花事很盛的清华园里,接连过了三个春,却从未想到去看一回。只在第二年秋天,曾经和孙三先生在园里看过几次菊花。"清华园之菊"是著名的,孙三先生还特地写了一篇文,画了好些画。但那种一盆一干一花的养法,花是好了,总觉没有天然的风趣。直到去年春天,有了些余闲,在花开前,先向人问了些花的名字。一个好朋友是从知道姓名起的,我想看花也正是如此。恰好Y君也常来园中,我们一天三四趟地到那些花下去徘徊。今年Y君忙些,我便一个人去。我爱繁花老干的杏,临风婀娜的小红桃,贴梗累累如珠的紫荆;但最恋恋的是西府海棠。海棠的花繁得好,也淡得好;艳极了,却没有一丝荡意。疏疏的高干子,英气隐隐逼人。可惜没有趁着月色看过;王鹏运有两句词道:"只愁淡月朦胧影,难验微波上下潮。"我想月下的海棠花,大约便是这种光景吧。为了海棠,前两天在城里特地冒了大风到中山公园去,看花的人倒也不少;但不知怎的,却忘了畿辅先哲祠。Y告我那里的一株,遮住了大半个院子;别处的都向上长,这一株却是横里伸张的。花的繁没有法说;海棠本无香,昔人常以为恨,这里花太繁了,却酝酿出一种淡淡的香气,使人久闻不倦。Y告我,正是刮了一日还不息的狂风的晚上;他是前一天去的。他说他去时地上已有落花了,这一日一夜的风,准完了。他说北平看花,是要赶着看的:春光太短了,又晴的日子多;今年算是有阴的日子了,但狂风还是逃不了的。我说北平看花,比别处有意思,也正在此。这时候,我似乎不甚菲薄那一班诗人名士了。

扬州的夏日

扬州从隋炀帝以来，是诗人文士所称道的地方；称道的多了，称道得久了，一般人便也随声附和起来。直到现在，你若向人提起扬州这个名字，他会点头或摇头说："好地方！好地方！"特别是没去过扬州而念过些唐诗的人，在他心里，扬州真像蜃楼海市一般美丽；他若念过《扬州画舫录》一类书，那更了不得。但在一个久住扬州像我的人，他却没有那么多美丽的幻想，他的憎恶也许掩住了他的爱好；他也许离开了三四年并不去想它。若是想呢，——你说他想什么？女人；不错，这似乎也有名，但怕不是现在的女人吧？——他也只会想着扬州的夏日，虽然与女人仍然不无关系的。

北方和南方一个大不同，在我看，就是北方无水而南方有。诚然，北方今年大雨，永定河、大清河甚至决了堤防，但这并不能算是有水；北平的三海和颐和园虽然有点儿水，但太平衍了，一览而尽，船又那么笨头笨脑的。有水的仍然是南方。扬州的夏日，好处大半便在水上——有人称为"瘦西湖"，这个名字真是太"瘦"了，假西湖之名以行，"雅得这样俗"，老实说，我是不喜欢的。下船的地方便是护城河，蔓衍开去，曲曲折折，直到平山堂——这是你们熟悉的名字——有七八里河道，还有许多杈杈桠桠的支流，这条河其实也没有顶大的好处，只是曲折而有些幽静，和别处不同。

沿河最著名的风景是小金山，法海寺，五亭桥；最远的便是平山堂了。金山你们是知道的，小金山却在水中央。在那里望水最好，看月自然也不错——可是我还不曾有过那样福气。"下河"的人十之九是到这儿的，人不免太多些。法海寺有一个塔，和北海的一样，据说是乾隆皇帝下江南，盐商们连夜督促匠人造成的。法海寺著名的自然是这个塔；但还有一桩，你们猜不着，是红烧猪头。夏天吃红烧猪头，在理论上也许不甚相宜；可是在实际上，挥汗吃着，倒也不坏的。五亭桥如名字所示，是五个亭子的桥。桥是拱形，中一亭最高，两边四亭，参差相称；最宜远看，或看影子，也好。桥洞颇多，乘小船穿来穿去，另有风味。平山堂在蜀冈上。登堂可见江南诸山淡淡的轮廓；"山色有无中"一句话，我看是恰到好处，并不算错。这里游人较少，闲坐在堂上，可以永日。沿路光景，也以闲寂胜。从天宁门或北门下船，蜿蜒的城墙，在水里倒映着苍黝的影子，小船悠然地撑过去，岸上的喧扰像没有似的。

船有三种：大船专供宴游之用，可以挟妓或打牌。小时候常跟了父亲去，在船里听着谋得利洋行的唱片。现在这样乘船的大概少了吧？其次是"小划子"，真像一瓣西瓜，由一个男人或女人用竹篙撑着。乘的人多了，便可雇两只，前后用小凳子跨着：这也可算得"方舟"了。后来又有一种"洋划"，比大船小，比"小划子"大，上支布篷，可以遮日遮雨。"洋划"渐渐地多，大船渐渐地少，然而"小划子"总是有人要的。这不独因为价钱最贱，也因为它的伶俐。一个人坐在船中，让一个人站在船尾上用竹篙一下一下地撑着,简直是一首唐诗,或一幅山水画。而有些好事的少年,愿意自己撑船,也非"小划子"不行。"小划子"虽然便宜,却也有些分别。譬如说,你们也可想到的,女人撑船总要贵些,姑娘撑的自然更要贵啰。这些撑船的女子,便是有人说过的"瘦西湖上的船娘"。船娘们的故事大概不少,但我不很知道。据说以乱头粗服、风趣天然为胜;中年而有风趣,也仍然算好。可是起初原是逢场作戏,或尚不伤廉惠;以后居然有了价格,便觉意味索然了。

北门外一带,叫做下街,"茶馆"最多,往往一面临河。船行过时,茶客与乘客可以随便招呼说话。船上人若高兴时,也可以向茶馆中要一壶茶,或一两种"小笼点心",在河中喝着,吃着,谈着。回来时再将茶壶和所谓小笼,连价款一并交给茶馆中人。撑船的都与茶馆相熟,他们不怕你白吃。扬州的小笼点心实在不错:我离开扬州,也走过七八处大大小小的地方,还没有吃过那样好的点心;这其实是值得惦记的。茶馆的地方大致总好,名字也颇有好的。如香影廊、绿杨村、红叶山庄,都是到现在还记得的。绿杨村的幌子,挂在绿杨树上,随风飘展,使人想起"绿杨城郭是扬州"的名句。里面还有小池、丛竹、茅亭,景物最幽。这一带的茶馆布置都历落有致,迥非上海、北平方方正正的茶楼可比。

"下河"总是下午。傍晚回来,在暮霭朦胧中上了岸,将大褂折好搭在腕上,一手微微摇着扇子,这样进了北门或天宁门走回家中。这时候可以念"又得浮生半日闲"那一句诗了。

说扬州

在第十期上看到曹聚仁先生的《闲话扬州》，比那本出名的书有味多了。不过那本书将扬州说得太坏，曹先生又未免说得太好；也不是说得太好，他没有去过那里，所说的只是从诗赋中，历史上得来的印象。这些自然也是扬州的一面，不过已然过去，现在的扬州却不能再给我们那种美梦。

自己从七岁到扬州，一住十三年，才出来念书。家里是客籍，父亲又是在外省当差事的时候多，所以与当地贤豪长者并无来往。他们的雅事，如访胜，吟诗，赌酒，书画名家，烹调佳味，我那时全没有份，也全不在行。因此虽住了那么多年，并不能做扬州通，是很遗憾的。记得的只是光复的时候，父亲正病着，让一个高等流氓凭了军政府的名字，敲了一竹杠；还有，在中学的几年里，眼见所谓"甩子团"横行无忌。"甩子"是扬州方言，有时候指那些"怯"的人，有时候指那些满不在乎的人。"甩子团"不用说是后一类；他们多数是绅宦家子弟，仗着家里或者"帮"里的势力，在各公共场所闹标劲，如看戏不买票，起哄等等，也有包揽词讼,调戏妇女的。更可怪的,大乡绅的仆人可以指挥警察区区长,可以大模大样招摇过市——这都是民国五六年的事,并非前清君主专制时代。自己当时血气方刚,看了一肚子气,可是人微言轻,也只好让那口气憋着罢了。

从前扬州是个大地方,如曹先生那文所说;现在盐务不行了,简直就算个没"落儿"的小城。

可是一般人还忘其所以地耍气派,自以为美,几乎不知天多高地多厚。这真是所谓"夜郎自大"了。扬州人有"扬虚子"的名字;这个"虚子"有两种意思,一是大惊小怪,二是以少报多,总而言之,不离乎虚张声势的毛病。他们还有个"扬盘"的名字,譬如东西买贵了,人家可以笑话你是"扬盘";又如店家价钱要的太贵,你可以诘问他,"把我当扬盘看么?"盘是捧出来给别人看的,正好形容耍气派的扬州人。又有所谓"商派",讥笑那些仿效盐商的奢侈生活的人,那更是气派中之气派了。但是这里只就一般情形说,刻苦诚笃的君子自然也有;我所敬爱的朋友中,便不缺乏扬州人。

提起扬州这地名,许多人想到的是出女人的地方。但是我长到那么大,从来不曾在街上见过一个出色的女人,也许那时女人还少出街吧?不过从前人所谓"出女人",实在指姨太太与妓女而言;那个"出"字就和出羊毛,出苹果的"出"字一样。《陶庵梦忆》里有"扬州瘦马"一节,就记的这类事;但是我毫无所知。不过纳妾与狎妓的风气渐渐衰了,"出女人"那句话怕迟早会失掉意义的吧。

另有许多人想,扬州是吃得好的地方。这个保你没错儿。北平寻常提到江苏菜,总想着是甜甜的腻腻的。现在有了淮扬菜,才知道江苏菜也有不甜的;但还以为油重,和山东菜的清淡不同。其实真正油重的是镇江菜,上桌子常教你腻得无可奈何。扬州菜若是让盐商家的厨子做起来,虽不到山东菜的清淡,却也滋润,利落,决不腻嘴腻舌。不但味道鲜美,颜色也清丽悦目。扬州又以面馆著名。好在汤味醇美,是所谓白汤,由种种出汤的东西如鸡鸭鱼肉等熬成,好在它的厚,和啖熊掌一般。也有清汤,就是一味鸡汤,倒并不出奇。内行的人吃面要"大煮";普通将面挑在碗里,浇上汤,"大煮"是将面在汤里煮一会,更能入味些。

扬州最著名的是茶馆;早上去下午去都是满满的。吃的花样最多。坐定了沏上茶,便有卖零碎的来兜揽,手臂上挽着一个黯淡的柳条筐,筐子里摆满了一些小蒲包分放着瓜子花生炒盐豆之类。又有炒白果的,在担子上铁锅爆着白果,一片铲子的声音。得先告诉他,才给你炒。炒得壳子爆了,露出黄亮的仁儿,铲在铁丝罩里送过来,又热又香。还有卖五香牛肉的,让他抓一些,摊在干荷叶上;叫茶房拿点好麻酱油来,拌上慢慢地吃,也可向卖零碎的买些白酒——扬州普通都喝白酒——喝着。这才叫茶房烫干丝。北平现在吃干丝,都是所谓煮干丝;那是很浓的,当菜很好,当点心却未必合式。烫干丝先将一大块方的白豆腐干飞快地切成薄片,再切为细丝,放在小碗里,用开水一浇,干丝便熟了;逼去了水,搏成圆锥似的,再倒上麻酱油,搁一撮虾米和干笋丝在尖儿,就成。说时迟,那时快,刚瞧着在切豆腐干,一眨眼已端来了。烫干丝就是清得好,不妨碍你吃别的。接着该要小笼点心。北平淮扬馆子出卖的汤包,诚哉是好,在扬州却少见;那实在是淮阴的名产,扬州不该掠美。扬州的小笼点心,肉馅儿的,蟹肉馅儿的,笋肉馅儿的且不用说,最可口的是菜包子菜烧卖,还有干菜包子。菜选那最嫩的,剁成泥,加一点儿糖一点儿油,蒸得白生生的,热腾腾的,到口轻松地化去,留下一丝儿余味。干菜也是切碎,也是加一点儿糖和油,燥湿恰到好处;细细地咬嚼，可以嚼出一点橄榄般的回味来。这么着每样吃点儿也并不太多。要是有饭局，还尽可以从容地去。但是要老资格的茶客才能这样有分寸；偶尔上一回茶馆的本地人外地人，却总忍不住狼吞虎咽，到了儿捧着肚子走出。

扬州游览以水为主，以船为主，已另有文记过，此处从略。城里城外古迹很多，如"文选楼""天保城""雷塘""二十四桥"等，却很少人留意；大家常去的只是史可法的"梅花岭"罢了。倘若有相当的假期，邀上两三个人去寻幽访古倒有意思；自然，得带点花生米，五香牛肉，白酒。

背　影

我与父亲不相见已两年余了，我最不能忘记的是他的背影。那年冬天，祖母死了，父亲的差使也交卸了，正是祸不单行的日子，我从北京到徐州，打算跟着父亲奔丧回家。到徐州见着父亲，看见满院狼藉的东西，又想起祖母，不禁簌簌地流下眼泪。父亲说："事已如此，不必难过，好在天无绝人之路！"

回家变卖典质，父亲还了亏空；又借钱办了丧事。这些日子，家中光景很是惨澹，一半为了丧事，一半为了父亲赋闲。丧事完毕，父亲要到南京谋事，我也要回北京念书，我们便同行。

到南京时，有朋友约去游逛，勾留了一日；第二日上午便须渡江到浦口，下午上车北去。父亲因为事忙，本已说定不送我，叫旅馆里一个熟识的茶房陪我同去。他再三嘱咐茶房，甚是仔细。但他终于不放心，怕茶房不妥帖；颇踌躇了一会。其实我那年已二十岁，北京已来往过两三次，是没有甚么要紧的了。他踌躇了一会，终于决定还是自己送我去。我两三回劝他不必去；他只说："不要紧，他们去不好！"

我们过了江,进了车站。我买票,他忙着照看行李。行李太多了,得向脚夫行些小费,才可过去。他便又忙着和他们讲价钱。我那时真是聪明过分,总觉他说话不大漂亮,非自己插嘴不可。但他终于讲定了价钱;就送我上车,他给我拣定了靠车门的一张椅子;我将他给我做的紫毛大衣铺好坐位。他嘱我路上小心,夜里要警醒些,不要受凉。又嘱托茶房好好照应我。我心里暗笑他的迂;他们只认得钱,托他们直是白托!而且我这样大年纪的人,难道还不能料理自己么?唉,我现在想想,那时真是太聪明了!

　　我说道:"爸爸,你走吧。"他望车外看了看,说,"我买几个橘子去。你就在此地,不要走动。"我看那边月台的栅栏外有几个卖东西的等着顾客。走到那边月台,须穿过铁道,须跳下去又爬上去。父亲是一个胖子,走过去自然要费事些。我本来要去的,他不肯,只好让他去。我看见他戴着黑布小帽,穿着黑布大马褂,深青布棉袍,蹒跚地走到铁道边,慢慢探身下去,尚不大难。可是他穿过铁道,要爬上那边月台,就不容易了。他用两手攀着上面,两脚再向上缩;他肥胖的身子向左微倾,显出努力的样子。这时我看见他的背影,我的泪很快地流下来了。我赶紧拭干了泪,怕他看见,也怕别人看见。我再向外看时,他已抱了朱红的橘子望回走了。过铁道时,他先将橘子散放在地上,自己慢慢爬下,再抱起橘子走。到这边时,我赶紧去搀他。他和我走到车上,将橘子一股脑儿放在我的皮大衣上。于是扑扑衣上的泥土,心里很轻松似的,过一会说:"我走了;到那边来信!"我望着他走出去。他走了几步,回过头看见我,说:"进去吧,里边没人。"等他的背影混入来来往往的人里,再找不着了,我便进来坐下,我的眼泪又来了。

　　近几年来,父亲和我都是东奔西走,家中光景是一日不如一日。他少年出外谋生，独力支持，做了许多大事。哪知老境却如此颓唐！他触目伤怀，自然情不能自已。情郁于中，自然要发之于外；家庭琐屑便往往触他之怒。他待我渐渐不同往日。但最近两年的不见，他终于忘却我的不好，只是惦记着我，惦记着我的儿子。我北来后，他写了一信给我，信中说道："我身体平安，唯膀子疼痛利害，举箸提笔，诸多不便，大约大去之期不远矣。"我读到此处，在晶莹的泪光中，又看见那肥胖的，青布棉袍，黑布马褂的背影。唉！我不知何时再能与他相见！

执政府大屠杀记

三月十八是一个怎样可怕的日子！我们永远不应该忘记这个日子！

这一日，执政府的卫队，大举屠杀北京市民——十分之九是学生！死者四十馀人，伤者约二百人！这在北京是第一回大屠杀！

这一次的屠杀，我也在场，幸而直到出场时不曾遭着一颗弹子；请我的远方的朋友们安心！第二天看报，觉得除一两家报纸外，各报记载多有与事实不符之处。究竟是访闻失实，还是安着别的心眼儿，我可不得而知，也不愿细论。我只说我当场眼见和后来耳闻的情形，请大家看看这阴惨惨的二十世纪二十六年三月十八日的中国！——十九日《京报》所载几位当场逃出的人的报告，颇是翔实，可以参看。

我先说游行队。我自天安门出发后，曾将游行队从头至尾看了一回。全数约二千人，工人有两队，至多五十人；广东外交代表团一队，约十馀人；国民党北京特别市党部一队，约二三十人；留日归国学生团一队，约二十人，其馀便多是北京的学生了，内有女学生三队。拿木棍的并不多，而且都是学生，不过十馀人；工人拿木棍的，我不曾见。木棍约三尺长，一端削尖了，上贴书有口号的纸，做成旗帜的样子。至于"有铁钉的木棍"我却不曾见！

我后来和清华学校的队伍同行，在大队的最后。我们到执政府前空场上时，大队已散开在满场了。这时府门前站着约莫两百个卫队，分两边排着；领章一律是红地，上面"府卫"两个黄铜字，确是执政府的卫队。他们都背着枪，悠然的站着；毫无紧张的颜色。而且枪上不曾上刺刀，更不显出什么威武。这时有一个人爬在石狮子头上照相。那边府里正面楼上，栏杆上伏满了人，而且拥挤着，大约是看热闹的。在这一点上，执政府颇像寻常的人家，而不像堂堂的"执政府"了。照相的下了石狮子，南边有了报告的声音："他们说是一个人没有，我们怎么样？"这大约已是五代表被拒以后了；我们因走进来晚，故未知前事——但在这时以前，群众的嚷声是决没有的。到这时才有一两处的嚷声了："回去是不行的！""吉兆胡同！""……"忽然队势散动了，许多人纷纷往外退走；有人连声大呼："大家不要走，没有什么事！"一面还扬起了手，我们清华队的指挥也扬起手叫道："清华的同学不要走，没有事！"这其间，人众稍稍聚拢，但立刻即又散开；清华的指挥第二次叫声刚完，我看见众人纷纷逃避时，一个卫队已装完子弹了！我赶忙向前跑了几步，向一堆人旁边睡下；但没等我睡下，我的上面和后面各来了一个人，紧紧地挨着我。我不能动了，只好蜷曲着。

这时已听到劈劈拍拍的枪声了；我生平是第一次听枪声，起初还以为是空枪呢（这时已忘记了看见装子弹的事）。但一两分钟后，有鲜红的热血从上面滴到我的手背上，马褂上了，我立刻明白屠杀已在进行！这时并不害怕，只静静的注意自己的运命，其馀什么都忘记。全场除劈拍的枪声外，也是一片大静默，绝无一些人声；什么"哭声震天"，只是记者先生们的"想当然耳"罢了。我上面流血的那一位,虽滴滴地流着血,直到第一次枪声稍歇,我们爬起来逃走的时候,但也不则一声。这正是死的袭来,沉默便是死的消息。事后想起,实在有些悚然。在我上面的不知是谁?我因为不能动转,不能看见他,而且也想不到看他——我真是个自私的人!后来逃跑的时候,才又知道掉在地下的我的帽子和我的头上,也滴了许多血,全是他的!他足流了两分钟以上的血,都流在我身上,我想他总吃了大亏,愿神保佑他平安!第一次枪声约经过五分钟,共放了好几排枪;司令的是用警笛;警笛一鸣,便是一排枪,警笛一声接着一声,枪声就跟着密了,那警笛声甚凄厉,但有几乎一定的节拍,足见司令者的从容!后来听别的目睹者说,司令者那时还用指挥刀指示方向,总是向人多的地方射击!又有目睹者说,那时执政府楼上还有人手舞足蹈的大乐呢!

我现在缓叙第一次枪声稍歇后的故事,且追述些开枪时的情形。我们进场距开枪时,至多四分钟;这其间有照相有报告,有一两处的嚷声,我都已说过了。我记得,我确实记得,最后的嚷声距开枪只有一分馀钟;这时候,群众散而稍聚,稍聚而复纷散,枪声便开始了。这也是我说过的。但"稍聚"的时候,阵势已散,而且大家存了观望的心,颇多趑趄不前的,所谓"进攻"的事是决没有的!至于第一次纷散之故,我想是大家看见卫队从背上取下枪来装子弹而惊骇了;因为第二次纷散时,我已看见一个卫队(其馀自然也是如此,他们是依命令动作的)装完子弹了。在第一次纷散之前,群众与卫队有何冲突,我没有看见,不得而知。但后来据一个受伤的说,他看见有一部分人——有些是拿木棍的——想要冲进府去。这事我想来也是有的;不过这决不是卫队开枪的缘由,至多只是他们的借口。他们的荷枪挟弹与不上刺刀(故示镇静)与放群众自由入辕门内（便于射击），都是表示他们"聚而歼旃"的决心，冲进去不冲进去是没有多大关系的。证以后来东门口的拦门射击，更是显明！原来先逃出的人，出东门时，以为总可得着生路；哪知迎头还有一枝兵，——据某一种报上说，是从吉兆胡同来的手枪队，不用说，自然也是杀人不眨眼的府卫队了！——开枪痛击。那时前后都有枪弹，人多门狭，前面的枪又极近，死亡枕藉！这是事后一个学生告诉我的；他说他前后两个人都死了，他躲闪了一下，总算幸免。这种间不容发的生死之际也够人深长思了。

照这种种情形，就是不在场的诸君，大约也不至于相信群众先以手枪轰击卫队了吧。而且轰击必有声音，我站的地方，离开卫队不过二十馀步，在第二次纷散之前，却绝未听到枪声。其实这只要看政府巧电的含糊其词，也就够证明了。至于所谓当场夺获的手枪，虽然像煞有介事地举出号数，使人相信，但我总奇怪；夺获的这些支手枪，竟没有一支曾经当场发过一响，以证明他们自己的存在。——难道拿手枪的人都是些傻子么？还有，现在很有人从容的问："开枪之前，有警告么？"我现在只能说，我看见的一个卫队，他的枪口是正对着我们的，不过那是刚装完子弹的时候。而在我上面的那位可怜的朋友，他流血是在开枪之后约一两分钟时。我不知卫队的第一排枪是不是朝天放的，但即使是朝天放的，也不算是警告；因为未开枪时，群众已经纷散，放一排朝天枪（假定如此）后，第一次听枪声的群众，当然是不会回来的了（这不是一个人胆力的事，我们也无须假充硬汉），何用接二连三地放平枪呢！即使怕一排枪不够驱散众人，尽放朝天枪好了，何用放平枪呢！所以即使卫队曾放了一排朝天枪，也决不足做他们丝毫的辩解；况且还有后来的拦门痛击呢，这难道还要问："有无超过必要程度？"

第一次枪声稍歇后,我茫然地随着众人奔逃出去。我刚发脚的时候,便看见旁边有两个同伴已经躺下了!我来不及看清他们的面貌,只见前面一个,右乳部有一大块殷红的伤痕,我想他是不能活了!那红色我永远不忘记!同时还听见一声低缓的呻吟,想是另一位的,那呻吟我也永远不忘记!我不忍从他们身上跨过去,只得绕了道弯着腰向前跑,觉得通身懈弛得很;后面来了一个人,立刻将我撞了一交。我爬了两步,站起来仍是弯着腰跑。这时当路有一副金丝圆眼镜,好好地直放着;又有两架自行车,颇挡我们的路,大家都很艰难地从上面踏过去。我不自主地跟着众人向北躲入马号里。我们偃卧在东墙角的马粪堆上。马粪堆很高,有人想爬墙过去;墙外就是通路。我看着一个人站着,一个人正向他肩上爬上去。我自己觉得决没有越墙的气力,便也不去看他们。而且里面枪声早又密了,我还得注意运命的转变。这时听见墙边有人问:"是学生不是?"下文不知如何,我猜是墙外的兵问的。那两个爬墙的人,我看见,似乎不是学生,我想他们或者得了兵的允许而下去了。若我猜的不大错,从这一句简单的问语里,我们可以看出卫队乃至政府对于学生海样深的仇恨!而且可以看出,这一次的屠杀确是有意这样"整顿学风"的;我后来知道,这时有几个清华学生和我同在马粪堆上。有一个告诉我,他旁边有一位女学生曾喊他救命,但是他没有法子,这真是可遗憾的事,她以后不知如何了!我们偃卧马粪堆上,不过两分钟,忽然看见对面马厩里有一个兵拿着枪,正装好子弹,似乎就要向我们放。我们立刻起来,仍弯着腰逃走;这时场里还有疏散的枪声,我们也顾不得了。走出马路,就到了东门口。

这时枪声未歇,东门口拥塞得几乎水泄不通。我隐约看见底下蜷缩地蹲着许多人,我们便推推搡搡,拥挤着,挣扎着,从他们身上踏上去。

那时理性真失了作用，竟恬然不以为怪似的。我被挤得往后仰了几回，终于只好竭全身之力，向前而进。在我前面的一个人，脑后大约被枪弹擦伤，汩汩地流着血；他也同样地一歪一倒地挣扎着。但他一会儿便不见了，我想他是平安的下去了。我还在人堆上走。这个门是平安与危险的界线，是生死之门，故大家都不敢放松一步。这时希望充满在我心里。后面稀疏的弹子，倒觉不十分在意。前一次的奔逃，但求不即死而已，这回却求生了；在人堆上的众人，都积极地显出生之努力。但仍是一味的静；大家在这千钧一发的关头，哪有闲心情和闲工夫来说话呢？我努力的结果，终于从人堆上滚了下来，我的运命这才算定了局。那时门口只剩两个卫队，在那儿闲谈，侥幸得很，手枪队已不见了！后来知道门口人堆里实在有些是死尸，就是被手枪队当门打死的！现在想着死尸上越过的事，真是不寒而栗呵！

我真不中用，出了门口，一面走，一面只是喘息！后面有两个女学生，有一个我真佩服她；她还能微笑着对她的同伴说："他们也是中国人哪！"这令我惭愧了！我想人处这种境地，若能从怕的心情转为兴奋的心情，才真是能救人的人。若只一味的怕，"斯亦不足畏也已！"我呢，这回是由怕而归于木木然，实是很可耻的！但我希望我的经验能使我的胆力逐渐增大！这回在场中有两件事很值得纪念：一是清华同学韦杰三君（他现在已离开我们了！）受伤倒地的时候，别的两位同学冒死将他抬了出来；一是一位女学生曾经帮助两个男学生脱险。这都是我后来知道的。这都是侠义的行为，值得我们永远敬佩的！

我和那两个女学生出门沿着墙往南而行。那时还有枪声，我极想躲入胡同里，以免危险；她们大约也如此的，走不上几步，便到了一个胡同口；我们便想拐弯进去。这时墙角上立着一个穿短衣的看闲的人，他向我们轻轻地说："别进这个胡同！"我们莫名其妙地依从了他，走到第二个胡同进去；这才真脱险了！后来知道卫队有抢劫的事（不仅报载，有人亲见），又有用枪柄，木棍，大刀，打人，砍人的事，我想他们一定就在我们没走进的那条胡同里做那些事！感谢那位看闲的人！卫队既在场内和门外放枪，还觉杀的不痛快，更拦着路邀击；其泄忿之道，真是无所不用其极了！区区一条生命，在他们眼里，正和一根草，一堆马粪一般，是满不在乎的！所以有些人虽幸免于枪弹，仍是被木棍，枪柄打伤，大刀砍伤；而魏士毅女士竟死于木棍之下，这真是永久的战栗啊！据燕大的人说，魏女士是于逃出门时被一个卫兵从后面用有楞的粗木棍儿兜头一下，打得脑浆迸裂而死！我不知她出的是哪一个门，我想大约是西门吧。因为那天我在西直门的电车上，遇见一个高工的学生，他告诉我，他从西门出来，共经过三道门（就是海军部的西辕门和陆军部的东西辕门），每道门皆有卫队用枪柄，木棍和大刀向逃出的人猛烈地打击。他的左臂被打好几次，已不能动弹了。我的一位同事的儿子，后脑被打平了，现在已全然失了记忆；我猜也是木棍打的。受这种打击而致重伤或死的，报纸上自然有记载；致轻伤的就无可稽考，但必不少。所以我想这次受伤的还不止二百人！卫队不但打人，行劫，最可怕的是剥死人的衣服，无论男女，往往剥到只剩一条裤为止；这只要看看前几天《世界日报》的照相就知道了。就是不谈什么"人道"，难道连国家的体统，"临时执政"的面子都不顾了么；段祺瑞你自己想想吧！听说事后执政府乘人不知，已将死尸掩埋了些，以图遮掩耳目。这是我的一个朋友从执政府里听来的；若是的确，那一定将那打得最血肉模糊的先掩埋了。免得激动人心。但一手岂能尽掩天下耳目呢？我不知道现在，那天去执政府的人还有失踪的没有？若有，这个消息真是很可怕的！

这回的屠杀，死伤之多，过于五卅事件，而且是"同胞的枪弹"，我们将何以间执别人之口，而且在首都的堂堂执政府之前，光天化日之下，屠杀之不足，继之以抢劫，剥尸，这种种兽行，段祺瑞等固可行之而不邮，但我们国民有此无脸的政府，又何以自容于世界！——这正是世界的耻辱呀！我们也想想吧！此事发生后，警察总监李鸣钟匆匆来到执政府，说"死了这么多人，叫我怎么办？"他这是局外的说话，只觉得无善法以调停两间而已。我们现在局中，不能如他的从容，我们也得问一问：

　　"死了这么多人，我们该怎么办？"

憎

　　我生平怕看见干笑,听见敷衍的话；更怕冰搁着的脸和冷淡的言词,看了,听了,心里便会发抖。至于惨酷的佯笑,强烈的揶揄,那简直要我全身都痉挛般掣动了。在一般看惯、听惯、老于世故的前辈们,这些原都是"家常便饭",很用不着大惊小怪地去张扬；但如我这样一个阅历未深的人,神经自然容易激动些,又痴心渴望着爱与和平,所以便不免有些变态。平常人可以随随便便过去的,我不幸竟是不能；因此增加了好些苦恼,减却了好些"生力"。——这真所谓"自作孽"了!

　　前月我走过北火车站附近。马路上横躺着一个人：微侧着拳曲的身子。脸被一破芦苇遮了,不曾看见；穿着黑布夹袄,垢腻的淡青的衬里,从一处处不规则地显露,白斜纹的单袴,受了尘秽的沾染,早已变成灰色；双足是赤着,脚底满涂着泥土,脚面满积着尘垢,皮上却绉着网一般的细纹,映在太阳里,闪闪有光。这显然是一个劳动者的尸体了。一个不相干的人死了,原是极平凡的事,况是一个不相干又不相干的劳动者呢？所以围着看的虽有十馀人,却都好奇地睁着眼,脸上的筋肉也都冷静而弛缓。我给周遭的冷淡噤住了；但因为我的老脾气，终于茫漠地想着：他的一生是完了；但于他曾有什么价值呢？他的死，自然，不自然呢？上海像他这样人，知道有多少？像他这样死的，知道一日里又有多少？再推到全世界呢？……这不免引起我对于人类运命的一种杞忧了！但是思想忽然转向，何以那些看闲的，于这一个同伴的死如此冷淡呢？倘然死的是他们的兄弟，朋友，或相识者，他们将必哀哭切齿，至少也必惊惶；这个不识者，在他们却是无关得失的，所以便漠然了？但是，果然无关得失么？"叫天子一声叫"，尚能"撕去我一缕神经"，一个同伴悲惨的死，果然无关得失么？一人生在世，倘只有极少极少的所谓得失相关者顾念着，岂不是太孤寂又太狭隘么？狭隘，孤寂的人间，哪里有善良的生活！唉！我不愿再往下想了！

　　这便是遍满现世间的"漠视"了。我有一个中学同班的同学。他在高等学校毕了业；今年恰巧和我同事。我们有四五年不见面,不通信了；相见时我很高兴,滔滔汩汩地向他说知别后的情形；称呼他的号，和在中学时一样。他只支持着同样的微笑听着。听完了，仍旧支持那微笑，只用极简单的话说明他中学毕业后的事，又称了我几声"先生"。我起初不曾留意，陡然发见那干涸的微笑，心里先有些怯了；接着便是那机器榨出来的几句话和"敬而远之"的一声声的"先生"，我全身都不自在起来，热烈的想望早冰结在心坎里！可是到底鼓勇说了这一句话："请不要这样称呼罢，我们是同班的同学哩！"他却笑着不理会，只含糊应了一回；另一个"先生"早又从他嘴里送出了！我再不能开口，只蜷缩在椅子里，眼望着他。他觉得有些奇怪，起身，鞠躬，告辞。我点了头，让他走了。这时羞愧充满在我心里；世界上有什么东西在我身上，使人弃我如敝屣呢！

约莫两星期前,我从大马路搭电车到车站。半路上上来一个魁梧奇伟的华捕。他背着手直挺挺的靠在电车中间的转动机(?)上。穿着青布制服,戴着红缨凉帽,蓝的绑腿,黑的厚重的皮鞋:这都和他别的同伴一样。另有他的一张粗黑的盾形的脸,在那脸上表现出他自己的特色。在那脸,嘴上是抿了,两眼直看着前面,筋肉像浓霜后的大地一般冷重;一切有这样地严肃,我几乎疑惑那是黑的石像哩!从他上车,我端详了好久,总不见那脸上有一丝的颤动;我忽然感到一种压迫的感觉,仿佛有人用一条厚棉被连头夹脑紧紧地捆了我一般,呼吸便渐渐地低迫促了。那时电车停了;再开的时候,从车后匆匆跑来一个贫妇。伊有褴褛的古旧的浑沌色的竹布长褂和裤;跑时只是用两只小脚向前挣扎,蓬蓬的黄发纵横地飘拂着;瘦黑多皱襞的脸上,闪烁着两个热望的眼珠,嘴唇不住地开合——自然是喘息了。伊大概有紧要的事,想搭乘电车。来得慢了,捏捉着车上的铁柱,早又被他从伊手里滑去;于是伊只有跟跟跄跄退下了!这时那位华捕忽然出我意外,赫然地笑了;他看着拙笨的伊,叫道:"哦——呵!"他颊上,眼旁,霜浓的筋肉都开始显出匀称的皱纹;两眼细而润泽,不似先前的枯燥;嘴是裂开了,露出两个灿灿的金牙和一色洁白的大齿;他身体的姿势似乎也因此变动了些。他的笑虽然暂时地将我从冷漠里解放;但一刹那间,空虚之感又使我几乎要被身份的大气压扁!因为从那笑的貌和声里,我锋利地感着一切的骄傲,狡猾,侮辱,残忍;只要有"爱的心""和平的光芒"的,谁的全部神经能不被痉挛般掣动着呢?

这便是遍满现世间的"蔑视"了。我今年春间,不自量力,去任某校教务主任。同事们多是我的熟人,但我于他们,却几乎是个完全的生人;我遍尝漠视和漠视的滋味,感到莫名的孤寂!那时第一难事是拟订日课表。因了师生们关系的复杂,校长交来三十馀条件;经验缺乏、脑筋简单的我,真是无所措手足!挣揣了五六天工夫,好容易勉强凑成了。却有一位在别校兼课的,资望深重的先生,因为有几天午后的第一课和别校午前的第四课衔接,两校相距太远,又要回家吃饭,有些赶不及,便大不满意。他这兼课情形,我本不知,校长先生的条件里,也未开入,课表中不能顾到,似乎也"情有可原"。但这位先生向来是面若冰霜,气如虹盛;他的字典里大约是没有"恕"字的,于是挑战的信来了,说什么"既难枵腹,又无汽车;如何设法,还希见告!"我当时受了这意外的,滥发的,冷酷的讽刺,极为难受;正是满肚皮冤枉,没申诉处,我并未曾有一些开罪于他,他却为何待我如仇敌呢?我便写一信复他,自己略略辩解;对于他的态度,表示十分的遗憾:我说若以他的失当的谴责,便该不理这事,可是因为向学校的责任,我终于给他设法了。他接信后,"上诉"于校长先生。校长先生请我去和他对质。狡黠的复仇的微笑在他脸上,正和有毒的菌类显着光怪陆离的彩色一般。他极力说得慢些,说低些:"为什么说'便该不理'呢?课表岂是'钦定'的么?——若说态度,该怎样啊!许要用'请愿'罢?"这里每一个字便像一把利剑,缓缓地,但是深深地,刺入我心里!——他完全胜利,脸上换了愉快的微笑,侮蔑地看着默了的我,我不能再支持,立刻辞了职回去。

这便是遍满现世间的"敌视"了。

我所见的叶圣陶

我第一次与圣陶见面是在民国十年的秋天。那时刘延陵兄介绍我到吴淞炮台湾中国公学教书。到了那边,他就和我说:"叶圣陶也在这儿。"我们都念过圣陶的小说,所以他这样告我。我好奇地问道:"怎样一个人?"出乎我的意外,他回答我:"一位老先生哩。"但是延陵和我去访问圣陶的时候,我觉得他的年纪并不老,只那朴实的服色和沉默的风度与我们平日所想象的苏州少年文人叶圣陶不甚符合罢了。

记得见面的那一天是一个阴天。我见了生人照例说不出话;圣陶似乎也如此。我们只谈了几句关于作品的泛泛的意见,便告辞了。延陵告诉我每星期六圣陶总回甪直去;他很爱他的家。他在校时常邀延陵出去散步;我因与他不熟,只独自坐在屋里。不久,中国公学忽然起了风潮。我向延陵说起一个强硬的办法;——实在是一个笨而无聊的办法!——我说只怕叶圣陶未必赞成。但是出乎我的意外,他居然赞成了!后来细想他许是有意优容我们吧;这真是老大哥的态度呢。我们的办法天然是失败了,风潮延宕下去;于是大家都住到上海来。我和圣陶差不多天天见面；同时又认识了西谛，予同诸兄。这样经过了一个月；这一个月实在是我的很好的日子。

我看出圣陶始终是个寡言的人。大家聚谈的时候，他总是坐在那里听着。他却并不是喜欢孤独，他似乎老是那么有味地听着。至于与人独对的时候，自然多少要说些话；但辩论是不来的。他觉得辩论要开始了，往往微笑着说："这个弄不大清楚了。"这样就过去了。他又是个极和易的人，轻易看不见他的怒色。他辛辛苦苦保存着的《晨报》副张，上面有他自己的文字的，特地从家里捎来给我看；让我随便放在一个书架上，给散失了。当他和我同时发现这件事时，他只略露惋惜的颜色，随即说："由他去末哉，由他去末哉！"我是至今惭愧着，因为我知道他作文是不留稿的。他的和易出于天性，并非阅历世故，矫揉造作而成。他对于世间妥协的精神是极厌恨的。在这一月中，我看见他发过一次怒——始终我只看见他发过这一次怒——那便是对于风潮的妥协论者的蔑视。

风潮结束了，我到杭州教书。那边学校当局要我约圣陶去。圣陶来信说："我们要痛痛快快游西湖，不管这是冬天。"他来了，教我上车站去接。我知道他到了车站这一类地方，是会觉得寂寞的。他的家实在太好了，他的衣着，一向都是家里管。我常想，他好像一个小孩子；像小孩子的天真，也像小孩子的离不开家里人。必须离开家里人时，他也得找些熟朋友伴着；孤独在他简直是有些可怕的。所以他到校时，本来是独住一屋的，却愿意将那间屋做我们两人的卧室，而将我那间做书室。这样可以常常相伴；我自然也乐意。我们不时到西湖边去；有时下湖，有时只喝喝酒。在校时各据一桌，我只预备功课，他却老是写小说和童话。初到时，学校当局来看过他。第二天，我问他，"要不要去看看他们？"他皱眉道："一定要去么？等一天吧。"后来始终没有去。他是最反对形式主义的。

那时他小说的材料，是旧日的储积；童话的材料有时却是片刻的感兴。如《稻草人》中《大喉咙》一篇便是。那天早上，我们都醒在床上，听见工厂的汽笛；他便说："今天又有一篇了，我已经想好了，来的真快呵。"那篇的艺术很巧，谁想他只是片刻的构思呢！他写文字时，往往抽笔伸纸，便手不停挥地写下去；开始及中间，停笔踌躇时绝少。他的稿子极清楚，每页至多只有三五个涂改的字。他说他从来是这样的。每篇写毕，我自然先睹为快；他往往称述结尾的适宜，他说对于结尾是有些把握的。看完，他立即封寄《小说月报》；照例用平信寄。我总劝他挂号；但他说："我老是这样的。"他在杭州不过两个月，写的真不少，教人羡慕不已。《火灾》里从《饭》起到《风潮》这七篇,还有《稻草人》中一部分，都是那时我亲眼看他写的。

在杭州待了两个月，放寒假前，他便匆匆地回去了；他实在离不开家，临去时让我告诉学校当局，无论如何不回来了。但他却到北平住了半年，也是朋友拉去的。我前些日子偶翻十一年的《晨报副刊》，看见他那时途中思家的小诗，重念了两遍，觉得怪有意思。北平回去不久，便入了商务印书馆编译部，家也搬到上海。从此在上海待下去，直到现在——中间又被朋友拉到福州一次，有一篇《将离》抒写那回的别恨，是缠绵悱恻的文字。这些日子，我在浙江乱跑，有时到上海小住，他常请了假和我各处玩儿或喝酒。有一回，我便住在他家，但我到上海，总爱出门，因此他老说没有能畅谈；他写信给我，老说这回来要畅谈几天才行。

十六年一月，我接眷北来，路过上海，许多熟朋友和我饯行，圣陶也在。那晚我们痛快地喝酒，发议论；他是照例地默着。酒喝完了，又去乱走,他也跟着。到了一处,朋友们和他开了个小玩笑;他脸上略露窘意,但仍微笑地默着。圣陶不是个浪漫的人;在一种意义上,他正是延陵所说的"老先生"。但他能了解别人,能谅解别人,他自己也能"作达",所以仍然——也许格外——是可亲的。那晚快夜半了,走过爱多亚路,他向我诵周美成的词,"酒已都醒,如何消夜永!"我没有说什么;那时的心情,大约也不能说什么的。我们到一品香又消磨了半夜。这一回特别对不起圣陶;他是不能少睡觉的人。他家虽住在上海,而起居还依着乡居的日子:早七点起,晚九点睡。有一回我九点十分去,他家已熄了灯,关好门了。这种自然的,有秩序的生活是对的。那晚上伯祥说:"圣兄明天要不舒服了。"想起来真是不知要怎样感谢才好。

第二天我便上船走了,一眨眼三年半,没有上南方去。信也很少,却全是我的懒。我只能从圣陶的小说里看出他心境的迁变;这个我要留在另一文中说。圣陶这几年里似乎到十字街头走过一趟,但现在怎么样呢?我却不甚了然。他从前晚饭时总喝点酒,"以半醺为度";近来不大能喝酒了,却学了吹笛——前些日子说已会一出《八阳》,现在该又会了别的了吧。他本来喜欢看看电影,现在又喜欢听听昆曲了。但这些都不是"厌世",如或人所说的;圣陶是不会厌世的,我知道。又,他虽会喝酒,加上吹笛,却不曾抽什么"上等的纸烟",也不曾住过什么"小小别墅",如或人所想的,这个我也知道。

《老张的哲学》与《赵子曰》[1]

《老张的哲学》,为一长篇小说,叙述一班北平闲民的可笑的生活,以一个叫"老张"的故事为主,复以一对青年的恋爱问题穿插之。在故事的本身,已极有味,又加以著者讽刺的情调,轻松的文笔,使本书成为一本现代不可多得之佳作,研究文学者固宜一读,即一般的人们亦宜换换口味,来阅看这本新鲜的作品。

《赵子曰》这部作品的描写对象是学生的生活。以轻松微妙的文笔,写北平学生生活,写北平公寓生活,非常逼真而动人,把赵子曰等几个人的个性活活的浮现在我们读者的面前。后半部却入于严肃的叙述,不复有前半部的幽默,然文笔是同样的活跃。且其以一个伟大的牺牲者的故事作结,很使我们有无穷的感喟。这部书使我们始而发笑,继而感动,终于悲愤了。(十七年十月《时事新报》)

---

1 这两篇均为老舍作。

这是商务印书馆的广告。虽然是广告，说得很是切实，可作两条短评看。从这里知道这两部书的特色是"讽刺的情调"和"轻松的文笔"。

讽刺小说，我们早就有了《儒林外史》，并不是"新鲜"的东西。《儒林外史》的讽刺，"戚而能谐，婉而多讽"（鲁迅《中国小说史略》二十三篇），以"含蓄蕴酿"为贵。后来所谓"谴责小说"，虽出于《儒林外史》，而"辞气浮露，笔无藏锋""描写失之张皇，时或伤于溢恶，言违真实，则感人之力顿微"（《中国小说史略》二十八篇）。这是讽刺的艺术的差异。前者本于自然的真实，而以精细的观察与微妙的机智为用。后者是在观察的事实上，加上一层夸饰，使事实失去原来的轮廓。这正和上海游戏场里的"哈哈镜"一样，人在镜中看见扁而短或细而长的自己的影子，满足了好奇心而暂时地愉快了。但只是"暂时的"愉快罢了，不能深深地印入人心坎中。这种讽刺的手法与一般人小说的观念是有联带关系的，从前人读小说只是消遣，作小说只是游戏。"谴责小说"与一切小说一样，都是戏作。所谓"谴责"或讽刺，虽说是本于愤世嫉俗的心情，但就文论文，实在是嘲弄的喜剧味比哀矜的悲剧味多得多。这种小说总是杂集"话柄"；"联缀此等，以成类书"（《中国小说史略》二十八篇）。"话柄"固人人所难免，但一人所行，决无全是"话柄"之理。如李伯元《官场现形记》，只叙此种，仿佛书中人物只有"话柄"而没有别的生活一样，而所叙又加增饰。这样，便将书中人全写成变态的了。《儒林外史》有时也不免如此，但就大体说，文笔较为平实和婉曲，与此固不能并论。小说既系戏作，由《儒林外史》变为"谴责小说"，却也是自然的趋势。至于不涉游戏的严肃的讽刺，直到近来才有，鲁迅先生的《阿Q正传》，可为代表。这部书是类型的描写；沈雁冰先生说得好：中国没有这样"一个"人，但这是一切中国人的"谱"（大意）。我们大家都分得阿Q的一部分。将阿Q当作"一个"人看,这部书确是夸饰,但将他当作我们国民性的化身看,便只觉亲切可味了。而文笔的严冷隐隐地蕴藏着哀矜的情调,那更是从前的讽刺或谴责小说所没有。这是讽刺的态度的差异。

这两部书里的"讽刺的情调"是属于哪一种呢?这不是可以简单回答的。《赵子曰》的广告里称赞作者个性的描写。不错,两部书里各人的个性确很分明。在这一点上,它们是近于《儒林外史》的;因为《官场现形记》和《阿Q正传》等都不描写个性。但两书中所描写的个性,却未必全能"逼真而动人"。从文笔论,与其说近于《儒林外史》,还不如说近于"谴责小说"。即如两位主人公,老张与赵子曰:老舍先生写老张的"钱本位"的哲学,确乎是酣畅淋漓,阐扬尽致;但似乎将"钱本位"这个特点太扩大了些,或说太尽致了些。我们固然觉得"可笑",但谁也未必信世界上真有这样"可笑"的人。老舍先生或者将老张写成一个"太"聪明的人,但我们想老张若真这样,那就未免"太"傻了;傻得近于疯狂了。如第十五节云:

> 他(老张)只不住的往水里看,小鱼一上一下的把水拨成小圆圈,他总以为有人从城墙上往河里扔铜元,打得河水一圈一圈的。以老张的聪明,自然不久的明白那是小鱼们游戏,虽然,仍屡屡回头望也!

这自然是"钱本位"的描写;是太聪明?是太傻?我想不用我说。至于赵子曰,他的名字便是一个玩笑;你想得出谁曾有这样一个怪名字?世上是有不识不知的人,但大学生的赵子曰不会那样昏聩糊涂,和白痴相去不远,却有些出人意表！其余的角色如《老张的哲学》中的龙树古,蓝小山,《赵子曰》中的周少濂,武端,莫大年,欧阳天风,也都有写得过火的地方。这两部书与"谴责小说"不同的,它们不是杂集话柄而是性格的扩大描写。在这一点上,又有些像《阿Q正传》。但《正传》写的是类型,不妨用扩大的方法；这两部书写的是个性,用这种方法便不适宜。这两部书还有一点可以注意：它们没有一贯的态度。它们都有一个严肃的悲惨的收场,但上文却都有不少的游戏的调子；《赵子曰》更其如此。广告中说"这部书使我们始而发笑,继而感动,终于悲愤了"。"发笑"与"悲愤"这两种情调,足以相消,而不足以相成。这两部书若用一贯的情调或态度写成,我想力量一定大得多。然而有这样严肃的收场,便已异于"谴责小说"而为现代作品了。

两部书中的人物,除《老张的哲学》中的老张,南飞生,蓝小山,《赵子曰》中的欧阳天风外,大都是可爱的。他们各有缺点和优点。只有《赵子曰》中的李景纯,似乎没有什么缺点；正和老张等之没有什么优点一样。李景纯是这两部书中唯一的英雄；他热心苦口,领导着赵子曰去做好人；他忍受欧阳天风的辱骂,不屑与他辩论；他尽心竭力保护王女士,而毫无所求；他"为民间除害"而牺牲了自己。老舍先生写李景纯,始终是严肃的；在这里我们看见作者的理想的光辉。这两部书若可说是描写"钱本位"与人本位的思想的交战的,那么李景纯是后者的代表而老张不用说是前者的代表——欧阳天风也是的。其余的人大抵挣扎于两者之间,如龙树古,武端都是的。在《老张的哲学》里,人本位是无声无臭地失败了。在《赵子曰》里,人本位虽也照常失败,但却留下光荣的影响；莫大年,武端,赵子曰先后受了李景纯的感化,知道怎样努力做人。前书只有绝望,后书却有了希望；这或许与我们的时代有关,书中有好几处说到革命,可为佐证。在这一点上,《赵子曰》的力量,胜过《老张的哲学》。可是书中人物的思想都是很浅薄的;《老张的哲学》里的不用说,便是李景纯,那学哲学的,也不过如此。大约有深一些的思想的人,也插不进这两部书里去罢?至于两书中最写得恰当的人,我以为要算《老张的哲学》里的赵姑父赵姑母。这是一对可爱的老人。如第十三节云:

　　王德、李应买菜回来,姑母一面批评,一面烹调。批评的太过,至于把醋当了酱油,整匙的往烹锅里下。忽然发觉了自己的错误,于是停住批评,坐在小凳上笑得眼泪一个挤着一个往下滴。
　　……
　　赵姑母不等别人说话,先告诉他丈夫,她把醋当作了酱油。
　　赵姑父听了,也笑得流泪,他把鼻子淹了一大块。

这里写赵姑母的唠叨和龙钟,惟妙惟肖;老夫妇情好之笃,也由此可见。这是一段充满了生活趣味的描写。两书中除李景纯和这一对老夫妇外,其余的人物描写,大抵是不免多少"张皇"的。——这也可以说是不一贯的地方。

这两部书的结构,大体是紧凑的。《老张的哲学》里时间,约莫一年;《赵子曰》里的,只是由冬而夏的三季。时间的短促,有时可以帮助结构。《老张的哲学》里主角颇多,穿插甚难恰到好处;老舍先生布置各节,似乎很苦心。《赵子曰》是顺次的叙述,每章都有主人公在内,自然比较容易。又《赵子曰》共二十七章,除八,九,十三章叙赵子曰在天津的事以外，别的都以北京为背景；《老张的哲学》却忽而乡，忽而城，错综不一，这又比较难些。《老张的哲学》里没有不关紧要的叙述，《赵子曰》里却有：第二章第四节叙赵子曰加入足球队，实在可有可无；又八，九，十三章，也似乎太详些——主角在北京，天津的情形，不妨少叙些。《老张的哲学》以两个女子为全篇枢纽，她们都出面；《赵子曰》以一个王女士为枢纽，却不出面。虽不出面，但书中人却常常提到她；虽提到她，却总未说破，她是怎样的人。像闷葫芦一样，直到末章才揭开了，由她给李景纯的信里，叙出她的身世。这样达到了"极点"，一切都有了着落。这种布置确比《老张的哲学》巧些。两书结尾都有毛病：《老张的哲学》末尾找补书中未死各人的结局，散漫无归；《赵子曰》末一段赵子曰向莫大年，武端说的话，意思不大明显，不能将全篇收住。又两书中作者现身解释的地方太多，这是"辞气浮露"的一因。而一章或一节的开端，往往有很长的解释或议论，似乎是旧小说开端的滥调，往往很杀风景的。又两书描写有类似的地方，似乎也不大好：《老张的哲学》里的孙八常说"多辛苦"一句话，《赵子曰》里的武端也常说"你猜怎么着"，这未免有些单调；为什么每部书里总该有这样一个人？至于"轻松的文笔"，那是不错的。老舍先生的白话没有旧小说白话的熟，可是也不生；只可惜虽"轻松"，却不甚隽妙。可称为隽妙的，除赵姑父赵姑母的描写及其一二处外，便只有写景了；写景是老舍先生的拿手戏，差不多都好。现在举一节我最喜欢的：

  那粉团似的蜀菊，衬着嫩绿的叶儿，迎着风儿一阵阵抿着嘴儿笑。那长长的柳条，像美女披散着头发，一条一条的慢慢摆动，把南风都摆动得软了，没有力气了。那高峻的城墙长着歪着脖儿的小树,绿叶底下,青枝上面,藏着那么一朵半朵的小红牵牛花。那娇嫩刚变好的小蜻蜓,也有黄的,也有绿的,从净业湖而后海而什刹海而北海而南海,一路弯着小尾巴在水皮儿上一点一点;好像北京是一首诗,他们在绿波上点着诗的句读。净业湖畔的深绿肥大的蒲子,拔着金黄色的蒲棒儿,迎着风一摇一摇的替浪声击着拍节。什刹海中的嫩荷叶,卷着一些幽情,放开的像给诗人托出一小碟子诗料。北海的渔船在白石栏的下面,或是湖心亭的旁边,和小野鸭们挤来挤去的浮荡着;时时的小野鸭们噗喇噗喇擦着水皮儿飞,好像替渔人的歌唱打着锣鼓似的:"五月来呀南风吹"噗喇噗喇,"湖中的鱼儿"噗喇,"嫩又肥"噗喇噗喇。……那白色的塔,蓝色的天,塔与天的中间飞着那么几只灰野鸽:一上一下,一左一右,诗人的心随着小灰鸽飞到天外去了。……(《赵子曰》第十六章第一节)

这是不多不少的一首诗。

桨声灯影里的秦淮河

一九二三年八月的一晚，我和平伯同游秦淮河；平伯是初泛，我是重来了。我们雇了一只"七板子"，在夕阳已去，皎月方来的时候，便下了船。于是桨声汩——汩，我们开始领略那晃荡着蔷薇色的历史的秦淮河的滋味了。

秦淮河里的船，比北京万生园、颐和园的船好，比西湖的船好，比扬州瘦西湖的船也好。这几处的船不是觉着笨，就是觉着简陋、局促；都不能引起乘客们的情韵，如秦淮河的船一样。秦淮河的船约略可分为两种：一是大船；一是小船，就是所谓"七板子"。大船舱口阔大，可容二三十人。里面陈设着字画和光洁的红木家具，桌上一律嵌着冰凉的大理石面。窗格雕镂颇细，使人起柔腻之感。窗格里映着红色蓝色的玻璃；玻璃上有精致的花纹，也颇悦人目。"七板子"规模虽不及大船，但那淡蓝色的栏杆、空敞的舱，也足系人情思。而最出色处却在它的舱前。舱前是甲板上的一部，上面有弧形的顶，两边用疏疏的栏杆支着。里面通常放着两张藤的躺椅。躺下，可以谈天，可以望远，可以顾盼两岸的河房。大船上也有这个，但在小船上更觉清隽罢了。舱前的顶下，一律悬着灯彩；灯的多少、明暗，彩苏的精粗、艳晦，是不一的，但好歹总还你一个灯彩。这灯彩实在是最能钩人的东西。夜幕垂垂地下来时，大小船上都点起灯火。从两重玻璃里映出那辐射着的黄黄的散光，反晕出一片朦胧的烟霭；透过这烟霭，在黯黯的水波里，又逗起缕缕的明漪。在这薄霭和微漪里，听着那悠然的间歇的桨声，谁能不被引入他的美梦去呢？只愁梦太多了，这些大小船儿如何载得起呀？我们这时模模糊糊的谈着明末的秦淮河的艳迹，如《桃花扇》及《板桥杂记》里所载的。我们真神往了。我们仿佛亲见那时华灯映水，画舫凌波的光景了。于是我们的船便成了历史的重载了。我们终于恍然秦淮河的船所以雅丽过于他处，而又有奇异的吸引力的，实在是许多历史的影象使然了。

　　秦淮河的水是碧阴阴的；看起来厚而不腻，或者是六朝金粉所凝么？我们初上船的时候，天色还未断黑，那漾漾的柔波是这样的恬静、委婉，使我们一面有水阔天空之想，一面又憧憬着纸醉金迷之境了。等到灯火明时，阴阴的变为沉沉了：黯淡的水光，像梦一般；那偶然闪烁着的光芒，就是梦的眼睛了。我们坐在舱前，因了那隆起的顶棚，仿佛总是昂着首向前走着似的；于是飘飘然如御风而行的我们，看着那些自在的湾泊着的船，船里走马灯般的人物，便像是下界一般，迢迢的远了，又像在雾里看花，尽朦朦胧胧的。这时我们已过了利涉桥，望见东关头了。沿路听见断续的歌声：有从沿河的妓楼飘来的，有从河上船里度来的。我们明知那些歌声，只是些因袭的言词，从生涩的歌喉里机械地发出来的；但它们经了夏夜的微风的吹漾和水波的摇拂，袅娜着到我们耳边的时候，已经不单是她们的歌声，而混着微风和河水的密语了。于是我们不得不被牵惹着，震撼着，相与浮沉于这歌声里了。从东关头转湾，不久就到大中桥。大中桥共有三个桥拱，都很阔大，俨然是三座门儿；使我们觉得我们的船和船里的我们，在桥下过去时，真是太无颜色了。桥砖是深褐色，表明它的历史的长久；但都完好无缺，令人太息于古昔工程的坚美。桥上两旁都是木壁的房子，中间应该有街路？这些房子都破旧了，多年烟熏的迹，遮没了当年的美丽。我想象秦淮河的极盛时，在这样宏阔的桥上，特地盖了房子，必然是髹漆得富富丽丽的；晚间必然是灯火通明的。现在却只剩下一片黑沉沉！但是桥上造着房子，毕竟使我们多少可以想见往日的繁华；这也慰情聊胜无了。过了大中桥，便到了灯月交辉、笙歌彻夜的秦淮河；这才是秦淮河的真面目哩。

　　大中桥外，顿然空阔，和桥内两岸排着密密的人家的景象大异了。一眼望去，疏疏的林，淡淡的月，衬着蔚蓝的天，颇像荒江野渡光景；那边呢，郁丛丛的，阴森森的，又似乎藏着无边的黑暗：令人几乎不信那是繁华的秦淮河了。但是河中眩晕着的灯光，纵横着的画舫，悠扬着的笛韵，夹着那吱吱的胡琴声，终于使我们认识绿如茵陈酒的秦淮水了。此地天裸露着的多些，故觉夜来得独迟些；从清清的水影里，我们感到的只是薄薄的夜——这正是秦淮河的夜。大中桥外，本来还有一座复成桥，是船夫口中的我们的游踪尽处，或也是秦淮河繁华的尽处了。我的脚曾踏过复成桥的脊，在十三四岁的时候。但是两次游秦淮河，却都不曾见着复成桥的面；明知总在前途的，却常觉得有些虚无缥缈似的。我想，不见倒也好。这时正是盛夏。我们下船后，借着新生的晚凉和河上的微风，暑气已渐渐消散；到了此地，豁然开朗，身子顿然轻了——习习的清风荏苒在面上、手上、衣上，这便又感到了一缕新凉了。南京的日光，大概没有杭州猛烈；西湖的夏夜老是热蓬蓬的，水像沸着一般，秦淮河的水却尽是这样冷冷地绿着。任你人影的憧憧，歌声的扰扰，总像隔着一层薄薄的绿纱面幂似的；它尽是这样静静的，冷冷地绿着。我们出了大中桥，走不上半里路，船夫便将船划到一旁，停了桨由它宕着。他以为那里正是繁华的极点，再过去就是荒凉了；所以让我们多多赏鉴一会儿。他自己却静静地蹲着。他是看惯这光景的了，大约只是一个无可无不可。这无可无不可，无论是升的沉的，总之，都比我们高了。

那时河里闹热极了；船大半泊着，小半在水上穿梭似的来往。停泊着的都在近市的那一边，我们的船自然也夹在其中。因为这边略略地挤，便觉得那边十分地疏了。在每一只船从那边过去时，我们能画出它的轻轻的影和曲曲的波，在我们的心上；这显着是空，且显着是静了。那时处处都是歌声和凄厉的胡琴声，圆润的喉咙，确乎是很少的。但那生涩的、尖脆的调子能使人有少年的，粗率不拘的感觉，也正可快我们的意。况且多少隔开些儿听着，因为想象与渴慕的做美，总觉更有滋味；而竟发的喧嚣，抑扬的不齐，远近的杂沓，和乐器的嘈嘈切切，合成另一意味的谐音，也使我们无所适从，如随着大风而走。这实在因为我们的心枯涩久了，变为脆弱；故偶然润泽一下，便疯狂似的不能自主了。但秦淮河确也腻人。即如船里的人面，无论是和我们一堆儿泊着的，无论是从我们眼前过去的，总是模模糊糊的，甚至渺渺茫茫的；任你张圆了眼睛，揩净了眦垢，也是枉然。这真够人想呢。在我们停泊的地方，灯光原是纷然的；不过这些灯光都是黄而有晕的。黄已经不能明了，再加上了晕，便更不成了。灯愈多，晕就愈甚；在繁星般的黄的交错里，秦淮河仿佛笼上了一团光雾。光芒与雾气腾腾地晕着，什么都只剩了轮廓了；所以人面的详细的曲线，便消失于我们的眼底了。但灯光究竟夺不了那边的月色；灯光是浑的，月色是清的。在浑沌的灯光里，渗入了一派清辉，却真是奇迹！那晚月儿已瘦削了两三分。她晚妆才罢，盈盈的上了柳梢头。天是蓝得可爱,仿佛一汪水似的;月儿便更出落得精神了。岸上原有三株两株的垂杨树,淡淡的影子,在水里摇曳着。它们那柔细的枝条浴着月光,就像一支支美人的臂膊,交互地缠着、挽着;又像是月儿披着的发。而月儿偶然也从它们的交叉处偷偷窥看我们,大有小姑娘怕羞的样子。岸上另有几株不知名的老树,光光地立着;在月光里照起来,却又俨然是精神矍铄的老人。远处——快到天际线了,才有一两片白云,亮得现出异彩,像美丽的贝壳一般。白云下便是黑黑的一带轮廓;是一条随意画的不规则的曲线。这一段光景,和河中的风味大异了。但灯与月竟能并存着,交融着,使月成了缠绵的月,灯射着渺渺的灵辉;这正是天之所以厚秦淮河,也正是天之所以厚我们了。

这时却遇着了难解的纠纷。秦淮河上原有一种歌妓,是以歌为业的。从前都在茶舫上,唱些大曲之类。每日午后一时起;什么时候止,却忘记了。晚上照样也有一回,也在黄晕的灯光里。我从前过南京时,曾随着朋友去听过两次。因为茶舫里的人脸太多了,觉得不大适意,终于听不出所以然。前年听说歌妓被取缔了,不知怎的,颇涉想了几次——却想不出什么。这次到南京,先到茶舫上去看看,觉得颇是寂寥,令我无端的怅怅了。不料她们却仍在秦淮河里挣扎着,不料她们竟会纠缠到我们,我于是很张皇了。她们也乘着"七板子",她们总是坐在舱前的。舱前点着石油汽灯,光亮眩人眼目;坐在下面的,自然是纤毫毕见了——引诱客人们的力量,也便在此了。舱里躲着乐工等人,映着汽灯的余辉蠕动着;他们是永远不被注意的。每船的歌妓大约都是二人;天色一黑,她们的船就在大中桥外往来不息地兜生意。无论行着的船,泊着的船,都要来兜揽的。这都是我后来推想出来的。那晚不知怎样,忽然轮着我们的船了。我们的船好好地停着,一只歌舫划向我们来了;渐渐和我们的船并着了。铄铄的灯光逼得我们皱起了眉头；我们的风尘色全给它托出来了，这使我踧踖不安了。那时一个伙计跨过船来，拿着摊开的歌折，就近塞向我的手里，说："点几出吧！"他跨过来的时候，我们船上似乎有许多眼光跟着。同时相近的别的船上也似乎有许多眼睛炯炯的向我们船上看着。我真窘了！我也装出大方的样子，向歌妓们瞥了一眼，但究竟是不成的！我勉强将那歌折翻了一翻，却不曾看清了几个字；便赶紧递还那伙计，一面不好意思地说："不要。我们……不要。"他便塞给平伯。平伯掉转头去，摇手说："不要！"那人还腻着不走。平伯又回过脸来，摇着头道："不要！"于是那人重到我处。我窘着再拒绝了他。他这才有所不屑似地走了。我的心立刻放下，如释了重负一般。我们就开始自白了。

　　我说我受了道德律的压迫，拒绝了她们；心里似乎很抱歉的。这所谓抱歉，一面对于她们，一面对于我自己。她们于我们虽然没有很奢的希望；但总有些希望的。我们拒绝了她们，无论理由如何充足，却使她们的希望受了伤；这总有几分不做美了。这是我觉得很怅怅的。至于我自己，更有一种不足之感。我这时被四面的歌声诱惑了，降服了；但是远远的，远远的歌声总仿佛隔着重衣搔痒似的，越搔越搔不着痒处。我于是憧憬着贴耳的妙音了。在歌舫划来时，我的憧憬，变为盼望；我固执地盼望着，有如饥渴。虽然从浅薄的经验里，也能够推知，那贴耳的歌声，将剥去了一切的美妙；但一个平常的人像我的，谁愿凭了理性之力去丑化未来呢？我宁愿自己骗着了。不过我的社会感性是很敏锐的；我的思力能拆穿道德律的西洋镜，而我的感情却终于被它压服着。我于是有所顾忌了，尤其是在众目昭彰的时候。道德律的力，本来是民众赋予的；在民众的面前，自然更显出它的威严了。我这时一面盼望，一面却感到了两重的禁制：一、在通俗的意义上，接近妓者总算一种不正当的行为；二、妓是一种不健全的职业，我们对于她们，应有哀矜勿喜之心，不应赏玩的去听她们的歌。在众目睽睽之下，这两种思想在我心里最为旺盛。她们暂时压倒了我的听歌的盼望，这便成就了我的灰色的拒绝。那时的心实在异常状态中，觉得颇是昏乱。歌舫去了，暂时宁静之后，我的思绪又如潮涌了。两个相反的意思在我心头往复：卖歌和卖淫不同，听歌和狎妓不同，又干道德甚事？——但是，但是，她们既被逼的以歌为业，她们的歌必无艺术味的；况她们的身世，我们究竟该同情的。所以拒绝倒也是正办。但这些意思终于不曾撇开我的听歌的盼望。它力量异常坚强；它总想将别的思绪踏在脚下。从这重重的争斗里，我感到了浓厚的不足之感。这不足之感使我的心盘旋不安，起坐都不安宁了。唉！我承认我是一个自私的人！平伯呢，却与我不同。他引周启明先生的诗："因为我有妻子，所以我爱一切的女人，因为我有子女，所以我爱一切的孩子。"他的意思可以见了。他因为推及的同情，爱着那些歌妓，并且尊重着她们，所以拒绝了她们。在这种情形下，他自然以为听歌是对于她们的一种侮辱。但他也是想听歌的，虽然不和我一样，所以在他的心中，当然也有一番小小的争斗；争斗的结果，是同情胜了。至于道德律，在他是没有什么的；因为他很有蔑视一切的倾向，民众的力量在他是不大觉着的。这时他的心意的活动比较简单，又比较松弱，故事后还怡然自若；我却不能了。这里平伯又比我高了。

在我们谈话中间，又来了两只歌舫。伙计照前一样地请我们点戏，我们照前一样地拒绝了。我受了三次窘，心里的不安更甚了。清艳的夜景也为之减色。船夫大约因为要赶第二趟生意，催着我们回去；我们无可无不可地答应了。我们渐渐和那些晕黄的灯光远了，只有些月色冷清清的随着我们的归舟。我们的船竟没个伴儿，秦淮河的夜正长哩！到大中桥近处,才遇着一只来船。这是一只载妓的板船,黑漆漆的没有一点光。船头上坐着一个妓女;暗里看出,白地小花的衫子,黑的下衣。她手里拉着胡琴,口里唱着青衫的调子。她唱得响亮而圆转;当她的船箭一般驶过去时,余音还袅袅的在我们耳际,使我们倾听而向往。想不到在弩末的游踪里,还能领略到这样的清歌!这时船过大中桥了,森森的水影,如黑暗张着巨口,要将我们的船吞了下去。我们回顾那渺渺的黄光,不胜依恋之情;我们感到了寂寞了!这一段地方夜色甚浓,又有两头的灯火招邀着;桥外的灯火不用说了,过了桥另有东关头疏疏的灯火。我们忽然仰头看见依人的素月,不觉深悔归来之早了!走过东关头,有一两只大船湾泊着,又有几只船向我们来着。嚣嚣的一阵歌声人语,仿佛笑我们无伴的孤舟哩。东关头转湾,河上的夜色更浓了;临水的妓楼上,时时从帘缝里射出一线一线的灯光;仿佛黑暗从酣睡里眨了一眨眼。我们默然地对着,静听那汩——汩的桨声,几乎要入睡了;朦胧里却温寻着适才的繁华的余味。我那不安的心在静里愈显活跃了!这时我们都有了不足之感,而我的更其浓厚。我们却又不愿回去,于是只能由懊悔而怅惘了。船里便满载着怅惘了。直到利涉桥下,微微嘈杂的人声,才使我豁然一惊;那光景却又不同。右岸的河房里,都大开了窗户,里面亮着晃晃的电灯,电灯的光射到水上,蜿蜒曲折,闪闪不息,正如跳舞着的仙女的臂膊。我们的船已在她的臂膊里了;如睡在摇篮里一样,倦了的我们便又入梦了。那电灯下的人物,只觉像蚂蚁一般,更不去萦念。这是最后的梦;可惜是最短的梦!黑暗重复落在我们面前,我们看见傍岸的空船上一星两星的,枯燥无力又摇摇不定的灯光。我们的梦醒了,我们知道就要上岸了;我们心里充满了幻灭的情思。

冬　天

　　说起冬天，忽然想到豆腐。是一"小洋锅"（铝锅）白煮豆腐，热腾腾的。水滚着，像好些鱼眼睛，一小块一小块豆腐养在里面，嫩而滑，仿佛反穿的白狐大衣。锅在"洋炉子"（煤油不打气炉）上，和炉子都熏得乌黑乌黑，越显出豆腐的白。这是晚上，屋子老了，虽点着"洋灯"，也还是阴暗。围着桌子坐的是父亲跟我们哥儿三个。"洋炉子"太高了，父亲得常常站起来，微微地仰着脸，觑着眼睛，从氤氲的热气里伸进筷子，夹起豆腐，一一地放在我们的酱油碟里。我们有时也自己动手，但炉子实在太高了，总还是坐享其成的多。这并不是吃饭，只是玩儿。父亲说晚上冷，吃了大家暖和些。我们都喜欢这种白水豆腐；一上桌就眼巴巴望着那锅，等着那热气，等着热气里从父亲筷子上掉下来的豆腐。

　　又是冬天，记得是阴历十一月十六晚上，跟S君P君在西湖里坐小划子。S君刚到杭州教书，事先来信说："我们要游西湖，不管它是冬天。"那晚月色真好，现在想起来还像照在身上。本来前一晚是"月当头"；也许十一月的月亮真有些特别吧。那时九点多了，湖上似乎只有我们一只划子。有点风,月光照着软软的水波;当间那一溜儿反光,像新砑的银子。湖上的山只剩了淡淡的影子。山下偶尔有一两星灯火。S君口占两句诗道:"数星灯火认渔村,淡墨轻描远黛痕。"我们都不大说话,只有均匀的桨声。我渐渐地快睡着了。P君"喂"了一下,才抬起眼皮,看见他在微笑。船夫问要不要上净寺去;是阿弥陀佛生日,那边蛮热闹的。到了寺里,殿上灯烛辉煌,满是佛婆念佛的声音,好像醒了一场梦。这已是十多年前的事了,S君还常常通着信,P君听说转变了好几次,前年是在一个特税局里收特税了,以后便没有消息。

在台州过了一个冬天,一家四口子。台州是个山城,可以说在一个大谷里。只有一条二里长的大街。别的路上白天简直不大见人;晚上一片漆黑。偶尔人家窗户里透出一点灯光,还有走路的拿着的火把;但那是少极了。我们住在山脚下。有的是山上松林里的风声,跟天上一只两只的鸟影。夏末到那里,春初便走,却好像老在过着冬天似的;可是即便真冬天也并不冷。我们住在楼上,书房临着大路;路上有人说话,可以清清楚楚地听见。但因为走路的人太少了,间或有点说话的声音,听起来还只当远风送来的,想不到就在窗外。我们是外路人,除上学校去之外,常只在家里坐着。妻也惯了那寂寞,只和我们爷儿们守着。外边虽老是冬天,家里却老是春天。有一回我上街去,回来的时候,楼下厨房的大方窗开着,并排地挨着她们母子三个;三张脸都带着天真微笑地向着我。似乎台州空空的,只有我们四人;天地空空的,也只有我们四人。那时是民国十年,妻刚从家里出来,满自在。现在她死了快四年了,我却还老记着她那微笑的影子。

无论怎么冷,大风大雪,想到这些,我心上总是温暖的。

一封信

在北京住了两年多了,一切平平常常地过去。要说福气,这也是福气了。因为平平常常,正像"糊涂"一样"难得",特别是在"这年头"。但不知怎的,总不时想着在那儿过了五六年转徙无常的生活的南方。转徙无常,诚然算不得好日子;但要说到人生味,怕倒比平平常常时候容易深切地感着。现在终日看见一样的脸板板的天,灰蓬蓬的地;大柳高槐,只是大柳高槐而已。于是木木然,心上什么也没有;有的只是自己,自己的家。我想着我的渺小,有些战栗起来;清福究竟也不容易享的。

这几天似乎有些异样。像一叶扁舟在无边的大海上,像一个猎人在无尽的森林里。走路,说话,都要费很大的力气;还不能如意。心里是一团乱麻,也可说是一团火。似乎在挣扎着,要明白些什么,但似乎什么也没有明白。"一部《十七史》,从何处说起",正可借来做近日的我的注脚。昨天忽然有人提起《我的南方》的诗。这是两年前初到北京,在一个村店里,喝了两杯"莲花白"以后,信笔涂出来的。于今想起那情景,似乎有些渺茫;至于诗中所说的,那更是遥遥乎远哉了,但是事情是这样凑巧：今天吃了午饭，偶然抽一本旧杂志来消遣，却翻着了三年前给S的一封信。信里说着台州，在上海、杭州、宁波之南的台州。这真是"我的南方"了。我正苦于想不出，这却指引我一条路，虽然只是"一条"路而已。

我不忘记台州的山水，台州的紫藤花，台州的春日，我也不能忘记S。他从前欢喜喝酒，欢喜骂人；但他是个有天真的人。他待朋友真不错。L从湖南到宁波去找他，不名一文；他陪他喝了半年酒才分手。他去年结了婚。为结婚的事烦恼了几个整年的他，这算是叶落归根了；但他也与我一样，已快上那"中年"的线了吧。结婚后我们见过一次，匆匆的一次。我想，他也和一切人一样，结了婚终于是结了婚的样子了吧。但我老只是记着他那喝醉了酒，很妩媚的骂人的意态；这在他或已懊悔着了。

南方这一年的变动，是人的意想所赶不上的。我起初还知道他的踪迹；这半年是什么也不知道了。他到底是怎样地过着这狂风似的日子呢？我所沉吟的正在此。我说过大海，他正是大海上的一个小浪；我说过森林，他正是森林里的一只小鸟。恕我，恕我，我向哪里去找你？

这封信曾印在台州师范学校的《绿丝》上。我现在重印在这里——这是我眼前一个很好的自慰的法子。

S兄：

……

我对于台州，永远不能忘记！我第一日到六师校时，系由埠头坐了轿子去的。轿子走的都是僻路；使我诧异，为什么堂堂一个府城，竟会这样冷静！那时正是春天，而因天气的薄阴和道路的幽寂,使我宛然如入了秋之国土。约莫到了卖冲桥边,我看见那清绿的北固山,下面点缀着几带朴实的洋房子,心胸顿然开朗,仿佛微微的风拂过我的面孔似的。到了校里,登楼一望,见远山之上,都幂着白云。四面全无人声,也无人影;天上的鸟也无一只。只背后山上谡谡的松风略略可听而已。那时我真脱却人间烟火气而飘飘欲仙了!后来我虽然发现了那座楼实在太坏了:柱子如鸡骨,地板如鸡皮!但自然的宽大使我忘记了那房屋的狭窄。我于是曾好几次爬到北固山的顶上,去领略那飕飕的高风,看那低低的、小小的、绿绿的田亩。这是我最高兴的。

来信说起紫藤花,我真爱那紫藤花!在那样朴陋——现在大概不那样朴陋了吧——的房子里,庭院中,竟有那样雄伟,那样繁华的紫藤花,真令我十二分惊诧!她的雄伟与繁华遮住了那朴陋,使人一对照,反觉朴陋倒是不可少似的,使人幻想"美好的昔日"!我也曾几度在花下徘徊;那时学生都上课去了,只剩我一人。暖和的晴日,鲜艳的花色,嗡嗡的蜜蜂,酝酿着一庭的春意。我自己如浮在茫茫的春之海里,不知怎么是好!那花真好看:苍老虬劲的枝干,这么粗这么粗的枝干,宛转腾挪而上;谁知她的纤指会那样嫩,那样艳丽呢?那花真好看:一缕缕垂垂的细丝,将她们悬在那皴裂的臂上,临风婀娜,真像嘻嘻哈哈的小姑娘,真像凝妆的少妇,像两颊又像双臂,像胭脂又像粉……我在他们下课的时候,又曾几度在楼头眺望:那丰姿更是撩人:云哟,霞哟,仙女哟!我离开台州以后,永远没见过那样好的紫藤花,我真惦记她,我真妒羡你们!

　　此外,南山殿望江楼上看浮桥(现在早已没有了),看憧憧的人在长长的桥上往来着;东湖水阁上,九折桥上看柳色和水光,看钓鱼的人;府后山沿路看田野,看天;南门外看梨花——再回到北固山,冬天在医院前看山上的雪;都是我喜欢的。说来可笑,我还记得我从前住过的旧仓头杨姓的房子里一张画桌;那是一张红漆的,一丈光景长而狭的画桌,我放它在我楼上的窗前,在上面读书,和人谈话,过了我半年的生活。现在想已搁起来无人用了吧?唉!

　　台州一般的人真是和自然一样朴实;我一年里只见过三个上海装束的流氓!学生中我颇有记得的。前些时有位P君写信给我,我虽未有工夫作复,但心中很感谢!乘此机会请你为我转告一句。

　　我写的已多了;这些胡乱的话,不知可附载在《绿丝》的末尾,使它和我的旧友见见面么?

弟　自清

白马湖

今天是个下雨的日子。这使我想起了白马湖;因为我第一回到白马湖,正是微风飘萧的春日。

白马湖在甬绍铁道的驿亭站,是个极小极小的乡下地方。在北方说起这个名字,管保一百个人一百个人不知道。但那却是一个不坏的地方。这名字先就是一个不坏的名字。据说从前(宋时?)有个姓周的骑白马入湖仙去,所以有这个名字。这个故事也是一个不坏的故事。假使你乐意搜集,或也可编成一本小书,交北新书局印去。

白马湖并非圆圆的或方方的一个湖,如你所想到的,这是曲曲折折大大小小许多湖的总名。湖水清极了,如你所能想到的,一点儿不含糊像镜子。沿铁路的水,再没有比这里清的,这是公论。遇到旱年的夏季,别处湖里都长了草,这里却还是一清如故。白马湖最大的,也是最好的一个,便是我们住过的屋的门前那一个。那个湖不算小,但湖口让两面的山包抄住了。外面只见微微的碧波而已,想不到有那么大的一片。湖的尽里头,有一个三四十户人家的村落,叫做西徐岙,因为姓徐的多。

这村落与外面本是不相通的，村里人要出来得撑船。后来春晖中学在湖边造了房子，这才造了两座玲珑的小木桥，筑起一道煤屑路，直通到驿亭车站。那是窄窄的一条人行路，蜿蜒曲折的，路上虽常不见人，走起来却不见寂寞——尤其在微雨的春天，一个初到的来客，他左顾右盼，是只有觉得热闹的。

春晖中学在湖的最胜处，我们住过的屋也相去不远，是半西式。湖光山色从门里从墙头进来，到我们窗前、桌上。我们几家接连着；丏翁的家最讲究。屋里有名人字画，有古磁，有铜佛，院子里满种着花。屋子里的陈设又常常变换，给人新鲜的受用。他有这样好的屋子，又是好客如命，我们便不时地上他家里喝老酒。丏翁夫人的烹调也极好，每回总是满满的盘碗拿出来，空空的收回去。白马湖最好的时候是黄昏。湖上的山笼着一层青色的薄雾，在水里映着参差的模糊的影子。水光微微地暗淡，像是一面古铜镜。轻风吹来，有一两缕波纹，但随即平静了。天上偶见几只归鸟，我们看着它们越飞越远，直到不见为止。这个时候便是我们喝酒的时候。我们说话很少；上了灯话才多些，但大家都已微有醉意，是该回家的时候了。若有月光也许还得徘徊一会；若是黑夜，便在暗里摸索醉着回去。

白马湖的春日自然最好。山是青得要滴下来，水是满满的、软软的。小马路的两边，一株间一株地种着小桃与杨柳。小桃上各缀着几朵重瓣的红花，像夜空的疏星。杨柳在暖风里不住地摇曳。在这路上走着，时而听见锐而长的火车的笛声是别有风味的。在春天，不论是晴是雨，是月夜是黑夜，白马湖都好。——雨中田里菜花的颜色最早鲜艳；黑夜虽什么不见，但可静静地受用春天的力量。夏夜也有好处，有月时可以在湖里划小船，四面满是青霭。船上望别的村庄，像是蜃楼海市，浮在水上,迷离惝恍的;有时听见人声或犬吠,大有世外之感。若没有月呢,便在田野里看萤火。那萤火不是一星半点的,如你们在城中所见;那是成千成百的萤火。一片儿飞出来,像金线网似的,又像耍着许多火绳似的。只有一层使我愤恨。那里水田多,蚊子太多,而且几乎全闪闪烁烁是疟蚊子。我们一家都染了疟疾,至今三四年了,还有未断根的。蚊子多足以减少露坐夜谈或划船夜游的兴致,这未免是美中不足了。

离开白马湖是三年前的一个冬日。前一晚"别筵"上,有丏翁与云君。我不能忘记丏翁,那是一个真挚豪爽的朋友。但我也不能忘记云君,我应该这样说,那是一个可爱的——孩子。

海行杂记

这回从北京南归，在天津搭了通州轮船，便是去年曾被盗劫的。盗劫的事，似乎已很渺茫；所怕者船上的肮脏，实在令人不堪耳。这是英国公司的船；这样的肮脏似乎尽够玷污了英国国旗的颜色。但英国人说：这有什么呢？船原是给中国人乘的，肮脏是中国人的自由，英国人管得着！英国人要乘船，会去坐在大菜间里，那边看看是什么样子？那边，官舱以下的中国客人是不许上去的，所以就好了。是的，这不怪同船的几个朋友要骂这只船是"帝国主义"的船了。"帝国主义的船"！我们到底受了些什么"压迫"呢？有的。有的！

我现在且说茶房吧。

我若有常常恨着的人，那一定是宁波的茶房了。他们的地盘，一是轮船，二是旅馆。他们的团结，是宗法社会而兼梁山泊式的；所以未可轻侮，正和别的"宁波帮"一样。他们的职务本是照料旅客；但事实正好相反，旅客从他们得着的只是侮辱，恫吓，与欺骗罢了。中国原有"行路难"之叹，那是因交通不便的缘故；但在现在便利的交通之下，即老于行旅的人，也还时时发出这种叹声，这又为什么呢？茶房与码头工人之艰于应付，我想比仅仅的交通不便，有时更显其"难"吧！所以从前的"行路难"是唯物的；现在的却是唯心的。这固然与社会的一般秩序及道德观念有多少关系，不能全由当事人负责任；但当事人的"性格恶"实也占着一个重要的地位的。

我是乘船既多，受侮不少，所以姑说轮船里的茶房。你去定舱位的时候，若遇着乘客不多，茶房也许会冷脸相迎；若乘客拥挤，你可就倒楣了。他们或者别转脸，不来理你；或者用一两句比刀子还尖的话，打发你走路——譬如说："等下趟吧。"他说得如此轻松，凭你急死了也不管。大约行旅的人总有些异常，脸上总有一付着急的神气。他们是以逸待劳的，乐得和你开开玩笑，所以一切反应总是懒懒的，冷冷的；你愈急，他们便愈乐了。他们于你也并无仇恨，只想玩弄玩弄，寻寻开心罢了，正和太太们玩弄叭儿狗一样。所以你记着：上船定舱位的时候，千万别先高声呼唤茶房。你不是急于要找他们说话么？但是他们先得训你一顿，虽然只是低低的自言自语："啥事体啦？哇啦哇啦的！"接着才响声说，"噢，来哉，啥事体啦？"你还得记着：你的话说得愈慢愈好，愈低愈好；不要太客气，也不要太不客气。这样你便是门槛里的人，便是内行；他们固然不见得欢迎你，但也不会玩弄你了。——只冷脸和你简单说话；要知道这已算承蒙青眼，应该受宠若惊的了。

定好了舱位，你下船是愈迟愈好；自然，不能过了开船的时候。最好开船前两小时或一小时到船上，那便显得你是一个有"涵养工夫"的，非急莘莘的"阿木林"可比了。而且茶房也得上岸去办他自己的事，去早了倒绊住了他；他虽然可托同伴代为招呼，但总之麻烦了。为了客人而麻烦，在他们是不值得，在客人是不必要；所以客人便只好受"阿木林"

的待遇了。有时船于明早十时开行，你今晚十点上去，以为晚上总该合式了；但也不然。晚上他们要打牌，你去了足以扰乱他们的清兴；他们必也恨恨不平的。这其间有一种"分"，一种默喻的"规矩"，有一种"门槛经"，你得先做若干次"阿木林"，才能应付得"恰到好处"呢。

开船以后，你以为茶房闲了，不妨多呼唤几回。你若真这样做时，又该受教训了。茶房日里要谈天，料理私货；晚上要抽大烟，打牌，哪有闲工夫来伺候你！他们早上给你舀一盆脸水，日里给你开饭，饭后给你拧手巾；还有上船时给你摊开铺盖，下船时给你打起铺盖；好了，这已经多了，这已经够了。此外若有特别的事要他们做时，那只算是额外效劳。你得自己走出舱门，慢慢地叫着茶房，慢慢地和他说，他也会照你所说的做，而不加损害于你。最好是预先打听了两个茶房的名字，到这时候悠然叫着，那是更其有效的。但要叫得大方，仿佛很熟悉的样子，不可有一点讷讷。叫名字所以更其有效者，被叫者觉得你有意和他亲近（结果酒资不会少给），而别的茶房或竟以为你与这被叫者本是熟悉的，因而有了相当的敬意；所以你第二次第三次叫时，别人往往会帮着你叫的。但你也只能偶尔叫他们，若常常麻烦，他们将发现，你到底是"阿木林"而冒充内行，他们将立刻改变对你的态度了。至于有些人睡在铺上高声朗诵的叫着"茶房"的，那确似乎搭足了架子；在茶房眼中，其为"阿"字号无疑了。他们于是忿然的答应："啥事体啦？哇啦啦！"但走来倒也会走来的。你若再多叫两声，他们又会说："啥事体啦？茶房当山歌唱！"除非你真麻木，或真生了气，你大概总不愿再叫他们了吧。

"子入太庙，每事问，"至今传为美谈。但你入轮船，最好每事不必问。茶房之怕麻烦，之懒惰，是他们的特征；你问他们，他们或说不晓得，或故意和你开开玩笑，好在他们对客人们，除行李外，一切是不负责任的。大概客人们最普遍的问题,"明天可以到吧?""下午可以到吧?"一类。他们或随便答复,或说,"慢慢来好啰,总会到的。"或简单的说,"早呢!"总是不得要领的居多。他们的话常常变化,使你不能确信;不确信自然不问了。他们所要的正是耳根清净呀。

茶房在轮船里,总是盘踞在所谓"大菜间"的吃饭间里。他们常常围着桌子闲谈,客人也可插进一两个去。但客人若是坐满了,使他们无处可坐,他们便恨恨了;若在晚上,他们老实不客气将电灯灭了,让你们暗中摸索去吧。所以这吃饭间里的桌子竟像他们专利的。当他们围桌而坐,有几个固然有话可谈;有几个却连话也没有,只默默坐着,或者在打牌。我似乎为他们觉着无聊,但他们也就这样过去了。他们的脸上充满了倦怠,嘲讽,麻木的气分,仿佛下工夫练就了似的。最可怕的就是这满脸:所谓"诡诡然拒人于千里之外"者,便是这种脸了。晚上映着电灯光,多少遮过了那灰滞的颜色;他们也开始有了些生气。他们搭了铺抽大烟,或者拖开桌子打牌。他们抽了大烟,渐有笑语;他们打牌,往往通宵达旦——牌声,争论声充满那小小的"大菜间"里。客人们,尤其是抱了病,可睡不着了;但于他们有甚么相干呢?活该你们洗耳恭听呀!他们也有不抽大烟,不打牌的,便搬出香烟画片来一张张细细赏玩:这却是"雅人深致"了。

我说过茶房的团结是宗法社会而兼梁山泊式的,但他们中间仍不免时有战氛。浓郁的战氛在船里是见不着的;船里所见,只是轻微淡远的罢了。"唯口出好兴戎",茶房的口,似乎很值得注意。他们的口,一例是练得极其尖刻的;一面自然也是地方性使然。他们大约是"宁可输在腿上,不肯输在嘴上"。所以即使是同伴之间,往往因为一句有意的或无意的,不相干的话,动了真气,抡眉竖目的恨恨半天而已。这时脸上全失了平时冷静的颜色，而换上热烈的狰狞了。但也终于只是口头"恨恨"而已，真个拔拳来打，举脚来踢的，倒也似乎没有。语云，"君子动口，小人动手"，茶房们虽有所争乎，殆仍不失为君子之道也。有人说，"这正是南方人之所以为南方人"，我想，这话也有理。茶房之于客人，虽也"不肯输在嘴上"，但全是玩弄的态度，动真气的似乎很少；而且你愈动真气，他倒愈可以玩弄你。这大约因为对于客人，是以他们的团体为靠山的；客人总是孤单的多，他们"倚众欺"起来，不怕你不就范的；所以用不着动真气。而且万一吃了客人的亏，那也必是许多同伴陪着他同吃的，不是一个人失了面子；又何必动真气呢？克实说来，客人要他们动真气，还不够资格哪！至于他们同伴间的争执，那才是切身的利害，而且单枪匹马做去，毫无可恃的现成的力量；所以便是小题，也不得不大做了。

　　茶房若有向客人微笑的时候，那必是收酒资的几分钟了。酒资的数目照理虽无一定，但却有不成文的谱。你按着谱斟酌给与，虽也不能得着一声"谢谢"，但言语的压迫是不会来的了。你若给得太少，离谱太远，他们会始而嘲你，继而骂你，你还得加钱给他们；其实既受了骂，大可以不加的了，但事实上大多数受骂的客人，慑于他们的威势，总是加给他们的。加了以后，还得听许多唠叨才罢。有一回，和我同船的一个学生，本该给一元钱的酒资的，他只给了小洋四角。茶房狠狠力争，终不得要领，于是说："你好带回去做车钱吧！"将钱向铺上一撂，忿然而去。那学生后来终于添了一些钱重交给他；他这才默然拿走，面孔仍是板板的，若有所不屑然。——付了酒资，便该打铺盖了；这时仍是要慢慢来的，一急还是要受教训，虽然你已给过酒资了。铺盖打好以后，茶房的压迫才算是完了，你再预备受码头工人和旅馆茶房的压迫吧。

我原是声明了叙述通州轮船中事的，但却做了一首"诅茶房文"；在这里，我似乎有些自己矛盾。不，"天下老鸦一般黑"，我们若很谨慎的将这句话只用在各轮船里的宁波茶房身上，我想是不会悖谬的。所以我虽就一般立说，通州轮船的茶房却已包括在内；特别指明与否，是无关重要的。

温州的踪迹

一 "月朦胧,鸟朦胧,帘卷海棠红"

这是一张尺多宽的小小的横幅,马孟容君画的。上方的左角,斜着一卷绿色的帘子,稀疏而长;当纸的直处三分之一,横处三分之二。帘子中央,着一黄色的、茶壶嘴似的钩儿——就是所谓软金钩么?"钩弯"垂着双穗,石青色;丝缕微乱,若小曳于轻风中。纸右一圆月,淡淡的青光遍满纸上;月的纯净,柔软与平和,如一张睡美人的脸。从帘的上端向右斜伸而下,是一枝交缠的海棠花。花叶扶疏,上下错落着,共有五丛;或散或密,都玲珑有致。叶嫩绿色,仿佛掐得出水似的;在月光中掩映着,微微有浅深之别。花正盛开,红艳欲流;黄色的雄蕊历历的,闪闪的。衬托在丛绿之间,格外觉着妖娆了。枝欹斜而腾挪,如少女的一只臂膊。枝上歇着一对黑色的八哥,背着月光,向着帘里。一只歇得高些,小小的眼儿半睁半闭的,似乎在入梦之前,还有所留恋似的。那低些的一只别过脸来对着这一只,已缩着颈儿睡了。帘下是空空的,不着一些痕迹。

试想在圆月朦胧之夜，海棠是这样的妩媚而嫣润；枝头的好鸟为什么却双栖而各梦呢？在这夜深人静的当儿，那高踞着的一只八哥儿，又为何尽撑着眼皮儿不肯睡去呢？他到底等什么来着？舍不得那淡淡的月儿么？舍不得那疏疏的帘儿么？不，不，不，您得到帘下去找，您得向帘中去找——您该找着那卷帘人了？他的情韵风怀，原是这样这样的哟！朦胧的岂独月呢；岂独鸟呢？但是，咫尺天涯，教我如何耐得？我拼着千呼万唤；你能够出来么？

这页画布局那样经济，设色那样柔活，故精彩足以动人。虽是区区尺幅，而情韵之厚，已足沦肌浃髓而有余。我看了这画，瞿然而惊；留恋之怀，不能自已。故将所感受的印象细细写出，以志这一段因缘。但我于中西的画都是门外汉，所说的话不免为内行所笑。——那也只好由他了。

二 绿

我第二次到仙岩的时候，我惊诧于梅雨潭的绿了。

梅雨潭是一个瀑布潭。仙岩有三个瀑布，梅雨瀑最低。走到山边，便听见哗哗哗哗的声音；抬起头，镶在两条湿湿的黑边儿里的，一带白而发亮的水便呈现于眼前了。我们先到梅雨亭。梅雨亭正对着那条瀑布；坐在亭边，不必仰头，便可见它的全体了。亭下深深的便是梅雨潭。这个亭踞在突出的一角的岩石上，上下都空空儿的；仿佛一只苍鹰展着翼翅浮在天宇中一般。三面都是山，像半个环儿拥着；人如在井底了。这是一个秋季的薄阴的天气。微微的云在我们顶上流着；岩面与草丛都从润湿中透出几分油油的绿意。而瀑布也似乎分外的响了。那瀑布从上面冲下,仿佛已被扯成大小的几绺;不复是一幅整齐而平滑的布。岩上有许多棱角;瀑流经过时,作急剧的撞击,便飞花碎玉般乱溅着了。那溅着的水花,晶莹而多芒;远望去,像一朵朵小小的白梅,微雨似的纷纷落着。据说,这就是梅雨潭之所以得名了。但我觉得像杨花,格外确切些。轻风起来时,点点随风飘散,那更是杨花了。——这时偶然有几点送入我们温暖的怀里,便倏地钻了进去,再也寻它不着。

　　梅雨潭闪闪的绿色招引着我们;我们开始追捉她那离合的神光了。揪着草,攀着乱石,小心探身下去,又鞠躬过了一个石穹门,便到了汪汪一碧的潭边了。瀑布在襟袖之间;但我的心中已没有瀑布了。我的心随潭水的绿而摇荡。那醉人的绿呀!仿佛一张极大极大的荷叶铺着,满是奇异的绿呀。我想张开两臂抱住她;但这是怎样一个妄想呀。——站在水边,望到那面,居然觉着有些远呢!这平铺着,厚积着的绿,着实可爱。她松松地皱缬着,像少妇拖着的裙幅;她轻轻地摆弄着,像跳动的初恋的处女的心;她滑滑的明亮着,像涂了"明油"一般,有鸡蛋清那样软,那样嫩,令人想着所曾触过的最嫩的皮肤;她又不杂些儿尘滓,宛然一块温润的碧玉,只清清的一色——但你却看不透她!我曾见过北京什刹海拂地的绿杨,脱不了鹅黄的底子,似乎太淡了。我又曾见过杭州虎跑寺近旁高峻而深密的"绿壁",丛叠着无穷的碧草与绿叶的,那又似乎太浓了。其余呢,西湖的波太明了,秦淮河的也太暗了。可爱的,我将什么来比拟你呢?我怎么比拟得出呢?大约潭是很深的,故能蕴蓄着这样奇异的绿;仿佛蔚蓝的天融了一块在里面似的,这才这般的鲜润呀。——那醉人的绿呀!我若能裁你以为带,我将赠给那轻盈的舞女;她必能临风飘举了。我若能挹你以为眼,我将赠给那善歌的盲妹;

她必明眸善睐了。我舍不得你；我怎舍得你呢？我用手拍着你，抚摩着你，如同一个十二三岁的小姑娘。我又掬你入口，便是吻着她了。我送你一个名字，我从此叫你"女儿绿"，好么？

我第二次到仙岩的时候，我不禁惊诧于梅雨潭的绿了。

三　白水漈

几个朋友伴我游白水漈。

这也是个瀑布；但是太薄了，又太细了。有时闪着些许的白光；等你定睛看去，却又没有——只剩一片飞烟而已。从前有所谓"雾縠"，大概就是这样了。所以如此，全由于岩石中间突然空了一段；水到那里，无可凭依，凌虚飞下，便扯得又薄又细了。当那空处，最是奇迹。白光嬗为飞烟，已是影子，有时却连影子也不见。有时微风过来，用纤手挽着那影子，它便袅袅的成了一个软弧；但她的手才松，它又像橡皮带儿似的，立刻伏伏贴贴的缩回来了。我所以猜疑，或者另有双不可知的巧手，要将这些影子织成一个幻网。——微风想夺了她的，她怎么肯呢？

幻网里也许织着诱惑；我的依恋便是个老大的证据。

四　生命的价格——七毛钱

生命本来不应该有价格的；而竟有了价格！人贩子，老鸨，以至近来的绑票土匪，都就他们的所有物，标上参差的价格，出卖于人；我想将来许还有公开的人市场呢！在种种"人货"里，价格最高的，自然是土匪们的票了，少则成千，多则成万；大约是有历史以来，"人货"的最高的行情了。其次是老鸨们所有的妓女,由数百元到数千元,是常常听到的。最贱的要算是人贩子的货色!他们所有的,只是些男女小孩,只是些"生货",所以便卖不起价钱了。

人贩子只是"仲买人",他们还得取给于"厂家",便是出卖孩子们的人家。"厂家"的价格才真是道地呢!《青光》里曾有一段记载,说三块钱买了一个丫头;那是移让过来的,但价格之低,也就够令人惊诧了!"厂家"的价格,却还有更低的!三百钱,五百钱买一个孩子,在灾荒时不算难事!但我不曾见过。我亲眼看见的一条最贱的生命,是七毛钱买来的!这是一个五岁的女孩子。一个五岁的"女孩子"卖七毛钱,也许不能算是最贱;但请您细看:将一条生命的自由和七枚小银元各放在天平的一个盘里,您将发现,正如九头牛与一根牛毛一样,两个盘儿的重量相差实在太远了!

我见这个女孩,是在房东家里。那时我正和孩子们吃饭;妻走来叫我看一件奇事,七毛钱买来的孩子!孩子端端正正的坐在条凳上;面孔黄黑色,但还丰润;衣帽也还整洁可看。我看了几眼,觉得和我们的孩子也没有什么差异;我看不出她的低贱的生命的符记——如我们看低贱的货色时所容易发见的符记。我回到自己的饭桌上,看看阿九和阿菜,始终觉得和那个女孩没有什么不同!但是,我毕竟发见真理了!我们的孩子所以高贵,正因为我们不曾出卖他们,而那个女孩所以低贱,正因为她是被出卖的;这就是她只值七毛钱的缘故了!呀,聪明的真理!

妻告诉我这孩子没有父母,她哥嫂将她卖给房东家姑爷开的银匠店里的伙计,便是带着她吃饭的那个人。他似乎没有老婆,手头很窘的,而且喜欢喝酒,是一个糊涂的人!我想这孩子父母若还在世,或者还舍不得卖她,至少也要迟几年卖她;因为她究竟是可怜可怜的小羔羊。到了哥嫂的手里,情形便不同了!家里总不宽裕,多一张嘴吃饭,多费些布做衣,是显而易见的。将来人大了,由哥嫂卖出,究竟是为难的;说不定还得找补些儿,才能送出去。这可多么冤呀!不如趁小的时候,谁也不注意,做个人情,送了干净!您想,温州不算十分穷苦的地方,也没碰着大荒年,干什么得了七个小毛钱,就心甘情愿的将自己的小妹子捧给人家呢?说等钱用?谁也不信!七毛钱了得什么急事!温州又不是没人买的!大约买卖两方本来相知;那边恰要个孩子玩儿,这边也乐得出脱,便半送半卖地含糊定了交易。我猜想那时伙计向袋里一摸,一股脑儿掏了出来,只有七毛钱!哥哥原也不指望着这笔钱用,也就大大方方收了完事。于是财货两交,那女孩便归伙计管业了!

这一笔交易的将来,自然是在运命手里;女儿本姓"碰",由她去碰罢了!但可知的,运命决不加惠于她!第一幕的戏已启示于我们了!照妻所说,那伙计必无这样耐心,抚养她成人长大!他将像豢养小猪一样,等到相当的肥壮的时候,便卖给屠户,任他宰割去;这其间他得了赚头,是理所当然的!但屠户是谁呢?在她卖做丫头的时候,便是主人!"仁慈的"主人只宰割她相当的劳力,如养羊而剪它的毛一样。到了相当的年纪,便将她配人。能够这样,她虽然被揿在丫头坯里,却还算不幸中之幸哩。但在目下这钱世界里,如此大方的人究竟是少的;我们所见的,十有六七是刻薄人!她若卖到这种人手里,他们必搀榨她过量的劳力。供不应求时,便骂也来了,打也来了!等她成熟时,却又好转卖给人家作妾,平常搀榨的不够,这儿又找补一个尾子!偏生这孩子模样儿又不好,入门不能得丈夫的欢心,容易遭大妇的凌虐,又是显然的!她的一生,将消磨于眼泪中了!也有些主人自己收婢作妾的;但红颜白发,也只空断送了她的一生!和前例相较,只是五十步与百步而已。——

更可危的，她若被那伙计卖在妓院里，老鸨才真是个令人肉颤的屠户呢！我们可以想到：她怎样逼她学弹学唱，怎样驱遣她去做粗活！怎样用藤筋打她，用针刺她！怎样督责她承欢卖笑！她怎样吃残羹冷饭！怎样打熬着不得睡觉！怎样终于生了一身毒疮！她的相貌使她只能做下等妓女；她的沦落风尘是终生的！她的悲剧也是终生的！——唉！七毛钱竟买了你的全生命——你的血肉之躯竟抵不上区区七个小银元么？生命真太贱了！生命真太贱了！

因此想到自己的孩子的运命，真有些胆寒！钱世界里的生命市场存在一日，都是我们孩子的危险！都是我们孩子的侮辱！您有孩子的人呀，想想看，这是谁之罪呢？这是谁之责呢？

春晖的一月

去年在温州,常常看到本刊,觉得很是欢喜。本刊印刷的形式,也颇别致,更使我有一种美感。今年到宁波时,听许多朋友说,白马湖的风景怎样怎样好,更加向往。虽然于什么艺术都是门外汉,我却怀抱着爱"美"的热诚。三月二日,我到这儿上课来了。在车上看见"春晖中学校"的路牌,白地黑字的,小秋千架似的路牌,我便高兴。出了车站,山光水色,扑面而来,若许我抄前人的话,我真是"应接不暇"了。于是我便开始了春晖的第一日。

走向春晖,有一条狭狭的煤屑路。那黑黑的细小的颗粒,脚踏上去,便发出一种摩擦的噪音,给我多少清新的趣味。而最系我心的,是那小小的木桥。桥黑色,由这边慢慢地隆起,到那边又慢慢的低下去,故看去似乎很长。我最爱桥上的栏杆,那变形的卍纹的栏杆;我在车站门口早就看见了,我爱它的玲珑!桥之所以可爱,或者便因为这栏杆哩。我在桥上逗留了好些时。这是一个阴天。山的容光,被云雾遮了一半,仿佛淡妆的姑娘。但三面映照起来,也就青得可以了,映在湖里,白马湖里,接着水光，却另有一番妙景。我右手是个小湖，左手是个大湖。湖有这样大，使我自己觉得小了。湖水有这样满，仿佛要漫到我的脚下。湖在山的趾边，山在湖的唇边；他俩这样亲密，湖将山全吞下去了。吞的是青的，吐的是绿的，那软软的绿呀，绿的是一片，绿的却不安于一片；它无端地皱起来了。如絮的微痕，界出无数片的绿；闪闪闪闪的，像好看的眼睛。湖边系着一只小船，四面却没有一个人，我听见自己的呼吸。想起"野渡无人舟自横"的诗，真觉物我双忘了。

好了，我也该下桥去了；春晖中学校还没有看见呢。弯了两个弯儿，又过了一重桥。当面有山挡住去路；山旁只留着极狭极狭的小径。挨着小径，抹过山角，豁然开朗；春晖的校舍和历落的几处人家，都已在望了。远远看去，房屋的布置颇疏散有致，决无拥挤、局促之感。我缓缓走到校前，白马湖的水也跟我缓缓的流着。我碰着丏尊先生。他引我过了一座水门汀的桥，便到了校里。校里最多的是湖，三面潺潺的流着；其次是草地，看过去芊芊的一片。我是常住城市的人，到了这种空旷的地方，有莫名的喜悦！乡下人初进城，往往有许多惊异，供给笑话的材料；我这城里人下乡，却也有许多的惊异——我的可笑，或者竟不下于初进城的乡下人。闲言少叙，且说校里的房屋、格式、布置固然疏落有味，便是里面的用具，也无一不显出巧妙的匠意；决无笨伯的手泽。晚上我到几位同事家去看，壁上有书有画，布置井井，令人耐坐。这种情形正与学校的布置，自然界的布置是一致的。美的一致，一致的美，是春晖给我的第一件礼物。

有话即长，无话即短，我到春晖教书，不觉已一个月了。在这一个月里，我虽然只在春晖待了十五日（我在宁波四中兼课），但觉甚是亲密。因为在这里，真能够无町畦。我看不出什么界线，因而也用不着什么防备，什么顾忌；我只照我所喜欢的做就是了。这就是自由了。从前我到别处教书时，总要做几个月的"生客"，然后才能坦然。对于"生客"的猜疑，本是原始社会的遗形物，其故在于不相知。这在现社会，也不能免的。但在这里，因为没有层叠的历史，又结合比较的单纯，故没有这种习染。这是我所深愿的！这里的教师与学生，也没有什么界限。在一般学校里，师生之间往往隔开一无形界限，这是最足减少教育效力的事！学生对于教师"敬鬼神而远之"；教师对于学生，尔为尔，我为我，休戚不关，理乱不闻！这样两橛的形势，如何说得到人格感化？如何说得到"造成健全人格"？这里的师生却没有这样情形。无论何时，都可自由说话；一切事务，常常通力合作。校里只有协治会而没有自治会。感情既无隔阂，事务自然都开诚布公，无所用其躲闪。学生因无须矫情饰伪，故甚活泼有意思。又因能顺全天性，不遭压抑；加以自然界的陶冶：故趣味比较纯正。——也有太随便的地方，如有几个人上课时喜欢谈闲天，有几个人喜欢吐痰在地板上，但这些总容易矫正的。——春晖给我的第二件礼物是真诚，一致的真诚。

春晖是在极幽静的乡村地方，往往终日看不见一个外人！寂寞是小事；在学生的修养上却有了问题。现在的生活中心，是城市，而非乡村。乡村生活的修养能否适应城市的生活，这是一个问题。此地所说适应，只指两种意思：一是抵抗诱惑，二是应付环境——明白些说，就是应付人，应付物。乡村诱惑少，不能养成定力；在乡村是好人的，将来一入城市做事，或者竟抵挡不住。从前某禅师在山中修道，道行甚高；一旦入闹市，"看见粉白黛绿，心便动了"。这话看来有理，但我以为其实无妨。就一般人而论，抵抗诱惑的力量大抵和性格、年龄、学识、经济力等有"相当"的关系。除经济力与年龄外，性格、学识，都可用教育的力量提高它，这样增加抵抗诱惑的力量。提高的意思，说得明白些，便是以高等的趣味替代低等的趣味；养成优良的习惯，使不良的动机不容易有效。用了这种方法，学生达到高中毕业的年龄，也总该有相当的抵抗力了；入城市生活又何妨？（不及初中毕业时者，因初中毕业，仍须续入高中，不必自己挣扎，故不成问题。）有了这种抵抗力，虽还有经济力可以作祟，但也不能有大效。前面那禅师所以不行，一因他过的是孤独的生活，故反动力甚大，一因他只知克制，不知替代；故外力一强，便"虎咒出于神"了！这岂可与现在这里学生的乡村生活相提并论呢？至于应付环境，我以为应付物是小问题，可以随时指导；而且这与乡村，城市无大关系。我是城市的人，但初到上海，也曾因不会乘电车而跌了一跤，跌得皮破血流；这与乡下诸公又差得几何呢？若说应付人，无非是机心！什么"逢人只说三分话，未可全抛一片心"，便是代表的教训。教育有改善人心的使命；这种机心，有无养成的必要，是一个问题。姑不论这个，要养成这种机心，也非到上海这种地方去不成；普通城市正和乡村一样，是没有什么帮助的。凡以上所说，无非要使大家相信，这里的乡村生活的修养，并不一定不能适应将来城市的生活。况且我们还可以举行旅行，以资调剂呢。况且城市生活的修养，虽自有它的好处；但也有流弊。如诱惑太多，年龄太小或性格未佳的学生，或者转易陷溺——那就不但不能磨炼定力，反早早的将定力丧失了！所以城市生活的修养不一定比乡村生活的修养有效。——只有一层，乡村生活足以减少少年人的进取心，这却是真的！

说到我自己，却甚喜欢乡村的生活，更喜欢这里的乡村的生活。我是在狭的笼的城市里生长的人，我要补救这个单调的生活，我现在住在繁嚣的都市里，我要以闲适的境界调和它。我爱春晖的闲适！闲适的生活可说是春晖给我的第三件礼物!

  我已说了我的"春晖的一月";我说的都是我要说的话。或者有人说,赞美多而劝勉少,近乎"戏台里喝彩"!假使这句话是真的,我要切实声明:我的多赞美,必是情不自禁之故,我的少劝勉,或是观察时期太短之故。

阿　河

　　我这一回寒假，因为养病，住到一家亲戚的别墅里去。那别墅是在乡下。前面偏左的地方，是一片淡蓝的湖水，对岸环拥着不尽的青山。山的影子倒映在水里，越显得清清朗朗的。水面常如镜子一般。风起时，微有皱痕；像少女们皱她们的眉头，过一会子就好了。湖的余势束成一条小港，缓缓地不声不响地流过别墅的门前。门前有一条小石桥，桥那边尽是田亩。这边沿岸一带，相间地栽着桃树和柳树，春来当有一番热闹的梦。别墅外面缭绕着短短的竹篱，篱外是小小的路。里边一座向南的楼，背后便倚着山。西边是三间平屋，我便住在这里。院子里有两块草地，上面随便放着两三块石头。另外的隙地上，或罗列着盆栽，或种莳着花草。篱边还有几株枝干蟠曲的大树，有一株几乎要伸到水里去了。

　　我的亲戚韦君只有夫妇二人和一个女儿。她在外边念书，这时也刚回到家里。她邀来三位同学，同到她家过这个寒假；两位是亲戚，一位是朋友。她们住着楼上的两间屋子。韦君夫妇也住在楼上。楼下正中是客厅，常是闲着，西间是吃饭的地方；东间便是韦君的书房，我们谈天、喝茶、看报，都在这里。我吃了饭，便是一个人，也要到这里来闲坐一回。我来的第二天，韦小姐告诉我，她母亲要给她们找一个好好的女用人；长工阿齐说有一个表妹，母亲叫他明天就带来做做看呢。她似乎很高兴的样子，我只是不经意地答应。

平屋与楼屋之间，是一个小小的厨房。我住的是东面的屋子，从窗子里可以看见厨房里人的来往。这一天午饭前，我偶然向外看看，见一个面生的女用人，两手提着两把白铁壶，正往厨房里走；韦家的李妈在她前面领着，不知在和她说甚么话。她的头发乱蓬蓬的，像冬天的枯草一样。身上穿着镶边的黑布棉袄和夹裤，黑里已泛出黄色；棉袄长与膝齐，夹裤也直拖到脚背上。脚倒是双天足，穿着尖头的黑布鞋，后跟还带着两片同色的"叶拔儿"。想这就是阿齐带来的女用人了；想完了就坐下看书。晚饭后，韦小姐告诉我，女用人来了，她的名字叫"阿河"。我说："名字很好，只是人土些；还能做么？"她说："别看她土，很聪明呢。"我说："哦。"便接着看手中的报了。

以后每天早上、中上、晚上，我常常看见阿河挈着水壶来往；她的眼似乎总是望前看的。两个礼拜匆匆地过去了。韦小姐忽然和我说，你别看阿河土，她的志气很好，她是个可怜的人。我和娘说，把我前年在家穿的那身棉袄裤给了她吧。我嫌那两件衣服太花，给了她正好。娘先不肯，说她来了没有几天；后来也肯了。今天拿出来让她穿，正合式呢。我们教给她打绒绳鞋，她真聪明，一学就会了。她说拿到工钱，也要打一双穿呢。我等几天再和娘说去。

"她这样爱好！怪不得头发光得多了，原来都是你们教她的。好！你们尽教她讲究，她将来怕不愿回家去呢。"大家都笑了。

旧新年是过去了。因为江浙的兵事，我们的学校一时还不能开学。

我们大家都乐得在别墅里多住些日子。这时阿河如换了一个人。她穿着宝蓝色挑着小花儿的布棉袄裤；脚下是嫩蓝色毛绳鞋，鞋口还缀着两个半蓝半白的小绒球儿。我想这一定是她的小姐们给帮忙的。古语说得好，"人要衣裳马要鞍"，阿河这一打扮，真有些楚楚可怜了。她的头发早已是刷得光光的，覆额的留海也梳得十分伏贴。一张小小的圆脸，如正开的桃李花；脸上并没有笑，却隐隐地含着春日的光辉，像花房里充了蜜一般。这在我几乎是一个奇迹；我现在是常站在窗前看她了。我觉得在深山里发见了一粒猫儿眼；这样精纯的猫儿眼，是我生平所仅见！我觉得我们相识已太长久，极愿和她说一句话——极平淡的话，一句也好。但我怎好平白地和她攀谈呢？这样郁郁了一礼拜。

这是元宵节的前一晚上。我吃了饭，在屋里坐了一会，觉得有些无聊，便信步走到那书房里。拿起报来，想再细看一回。忽然门钮一响，阿河进来了。她手里拿着三四支颜色铅笔；出乎意料地走近了我。她站在我面前了，静静地微笑着说："白先生，你知道铅笔刨在哪里？"一面将拿着的铅笔给我看。我不自主地立起来，匆忙地应道："在这里。"我用手指着南边柱子。但我立刻觉得这是不够的。我领她走近了柱子。这时我像闪电似的踌躇了一下，便说："我……我……"她一声不响地已将一支铅笔交给我。我放进刨子里刨给她看。刨了两下，便想交给她；但终于刨完了一支。交还了她。她接了笔略看一看，仍仰着脸向我。我窘极了。刹那间念头转了好几个圈子；到底硬着头皮搭讪着说："就这样刨好了。"我赶紧向门外一瞥，就走回原处看报去。但我的头刚低下，我的眼已抬起来了。于是远远地从容地问道："你会么？"她不曾掉过头来，只"嗳"了一声，也不说话。我看了她背影一会。觉得应该低下头了。等我再抬起头来时，她已默默地向外走了。她似乎总是望前看的；我想再问她一句话,但终于不曾出口。我撇下了报,站起来走了一会,便回到自己屋里。我一直想着些什么,但什么也没有想出。

第二天早上看见她往厨房里走时,我发愿我的眼将老跟着她的影子!她的影子真好。她那几步路走得又敏捷,又匀称,又苗条,正如一只可爱的小猫。她两手各提着一只水壶,又令我想到在一条细细的索儿上抖擞精神走着的女子。这全由于她的腰;她的腰真太软了,用白水的话说,真是软到使我如吃苏州的牛皮糖一样。不止她的腰,我的日记里说得好:"她有一套和云霞比美,水月争灵的曲线,织成大大的一张迷惑的网!"而那两颊的曲线,尤其甜蜜可人。她两颊是白中透着微红,润泽如玉。她的皮肤,嫩得可以掐出水来;我的日记里说,"我很想去掐她一下呀!"她的眼像一双小燕子,老是在滟滟的春水上打着圈儿。她的笑最使我记住,像一朵花漂浮在我的脑海里。我不是说过,她的小圆脸像正开的桃花么?那么,她微笑的时候,便是盛开的时候了:花房里充满了蜜,真如要流出来的样子。她的发不甚厚,但黑而有光,柔软而滑,如纯丝一般。只可惜我不曾闻着一些儿香。唉!从前我在窗前看她好多次,所得的真太少了;若不是昨晚一见——虽只几分钟——我真太对不起这样一个人儿了。

午饭后,韦君照例地睡午觉去了,只有我、韦小姐和其他三位小姐在书房里。我有意无意地谈起阿河的事。我说:

"你们怎知道她的志气好呢?"

"那天我们教给她打绒绳鞋,"一位蔡小姐便答道,"看她很聪明,就问她为甚么不念书?她被我们一问,就伤心起来了。……"

"是的,"韦小姐笑着抢了说,"后来还哭了呢;还有一位傻子陪她淌眼泪呢。"

那边黄小姐可急了,走过来推了她一下。蔡小姐忙拦住道:"人家说正经话,你们尽闹着玩儿!让我说完了呀——"

"我代你说啵,"韦小姐仍抢着说,"——她说她只有一个爹,没有娘。嫁了一个男人,倒有三十多岁,土头土脑的,脸上满是疱!他是李妈的邻舍,我还看见过呢。……"

"好了,底下我说吧。"蔡小姐接着道,"她男人又不要好,尽爱赌钱;她一气,就住到娘家来,有一年多不回去了。"

"她今年几岁?"我问。

"十七不知十八?前年出嫁的,几个月就回家了。"蔡小姐说。

"不,十八,我知道。"韦小姐改正道。

"哦。你们可曾劝她离婚?"

"怎么不劝,"韦小姐应道,"她说十八回去吃她表哥的喜酒,要和她的爹去说呢。"

"你们教她的好事,该当何罪!"我笑了。

她们也都笑了。

十九的早上,我正在屋里看书,听见外面有嚷嚷的声音;这是从来没有的。我立刻走出来看;只见门外有两个乡下人要走进来,却给阿齐拦住。他们只是央告,阿齐只是不肯。这时韦君已走出院中,向他们道:

"你们回去吧。人在我这里,不要紧的。快回去,不要瞎吵!"

两个人面面相觑,说不出一句话;俄延了一会,只好走了。我问韦君什么事?他说:

"阿河啰!还不是瞎吵一回子。"

我想他于男女的事向来是懒得说的,还是回头问他小姐的好;我们便谈到别的事情上去。

吃了饭，我赶紧问韦小姐，她说：

"她是告诉娘的，你问娘去。"

我想这件事有些尴尬，便到西间里问韦太太；她正看着李妈收拾碗碟呢。她见我问，便笑着说：

"你要问这些事做什么？她昨天回去，原是借了阿桂的衣裳穿了去的，打扮得娇滴滴的，也难怪，被她男人看见了，便约了些不相干的人，将她抢回去过了一夜。今天早上，她骗她男人，说要到此地来拿行李。她男人就会信她，派了两个人跟着。哪知她到了这里，便叫阿齐拦着那跟来的人；她自己便跪在我面前哭诉，说死也不愿回她男人家去。你说我有什么法子。只好让那跟来的人先回去再说。好在没有几天，她们要上学了，我将来交给她的爹吧。唉，现在的人，心眼儿真是越过越大了；一个乡下女人，也会闹出这样惊天动地的事了！"

"可不是，"李妈在旁插嘴道，"太太你不知道；我家三叔前儿来，我还听他说呢。我本不该说的，阿弥陀佛！太太，你想她不愿意回婆家，老愿意住在娘家，是什么道理？家里只有一个单身的老子；你想那该死的老畜生！他舍不得放她回去呀！"

"低些，真的么？"韦太太惊诧地问。

"他们说得千真万确的。我早就想告诉太太了，总有些疑心；今天看她的样子，真有几分对呢。太太，你想现在还成什么世界！"

"这该不至于吧。"我淡淡地插了一句。

"少爷，你哪里知道！"韦太太叹了一口气，"——好在没有几天了，让她快些走吧；别将我们的运气带坏了。她的事，我们以后也别谈吧。"

开学的通告来了，我定在二十八走。二十六的晚上，阿河忽然不到厨房里挈水了。韦小姐跑来低低地告诉我："娘叫阿齐将阿河送回去了；

我在楼上，都不知道呢。"我应了一声，一句话也没有说。正如每日有三顿饱饭吃的人，忽然绝了粮；却又不能告诉一个人！而且我觉得她的前面是黑洞洞的，此去不定有什么好歹！那一夜我是没有好好地睡，只翻来覆去地做梦，醒来却又一例茫然。这样昏昏沉沉地到了二十八早上，懒懒地向韦君夫妇和韦小姐告别而行，韦君夫妇坚约春假再来住，我只得含糊答应着。出门时，我很想回望厨房几眼；但许多人都站在门口送我，我怎好回头呢？

到校一打听，老友陆已来了。我不及料理行李，便找着他，将阿河的事一五一十告诉他。他本是个好事的人；听我说时，时而皱眉，时而叹气，时而擦掌。听到她只十八岁时，他突然将舌头一伸，跳起来道：

"可惜我早有了我那太太！要不然，我准得想法子娶她！"

"你娶她就好了；现在不知鹿死谁手呢？"

我俩默默相对了一会，陆忽然拍着桌子道：

"有了，老汪不是去年失了恋么？他现在还没有主儿，何不给他俩撮合一下。"

我正要答说，他已出去了。过了一会子，他和汪来了；进门就嚷着说：

"我和他说，他不信；要问你呢！"

"事是有的，人呢，也真不错。只是人家的事，我们凭什么去管！"我说。

"想法子呀！"陆嚷着。

"什么法子？你说！"

"好，你们尽和我开玩笑，我才不理会你们呢！"汪笑了。

我们几乎每天都要谈到阿河，但谁也不曾认真去"想法子"。

一转眼已到了春假。我再到韦君别墅的时候，水是绿绿的，桃腮柳

眼,着意引人。我却只惦着阿河,不知她怎么样了。那时韦小姐已回来两天。我背地里问她,她说:

"奇得很!阿齐告诉我,说她二月间来求娘来了。她说她男人已死了心,不想她回去;只不肯白白地放掉她。他教她的爹拿出八十块钱来,人就是她的爹的了;他自己也好另娶一房人。可是阿河说她的爹哪有这些钱?她求娘可怜可怜她!娘的脾气你知道。她是个古板的人;她数说了阿河一顿,一个钱也不给!我现在和阿齐说,让他上镇去时,带个信儿给她,我可以给她五块钱。我想你也可以帮她些,我教阿齐一块儿告诉她吧。只可惜她未必肯再上我们这儿来啰!"

"我拿十块钱吧,你告诉阿齐就是。"

我看阿齐空闲了,便又去问阿河的事。他说:

"她的爹正给她东找西找地找主儿呢。只怕难吧,八十块大洋呢!"

我忽然觉得不自在起来,不愿再问下去。

过了两天,阿齐从镇上回来,说:

"今天见着阿河了。娘的,齐整起来了。穿起了裙子,做老板娘娘了!据说是自己拣中的;这种年头!"

我立刻觉得,这一来全完了!只怔怔地看着阿齐,似乎想在他脸上找出阿河的影子。咳,我说什么好呢?愿运命之神长远庇护着她吧!

第二天我便托故离开了那别墅;我不愿再见那湖光山色,更不愿再见那间小小的厨房!

初到清华记

从前在北平读书的时候，老在城圈儿里待着。四年中虽也游过三五回西山，却从没来过清华；说起清华，只觉得很远很远而已。那时也不认识清华人，有一回北大和清华学生在青年会举行英语辩论，我也去听。清华的英语确是流利得多，他们胜了。那回的题目和内容，已忘记干净；只记得复辩时，清华那位领袖很神气，引着孔子的什么话。北大答辩时，开头就用了 furiously 一个字叙述这位领袖的态度。这个字也许太过，但也道着一点儿。那天清华学生是坐大汽车进城的，车便停在青年会前头；那时大汽车还很少。那是冬末春初，天很冷。一位清华学生在屋里只穿单大褂，将出门却套上厚厚的皮大氅。这种"行"和"衣"的路数，在当时却透着一股标劲儿。

初来清华，在十四年夏天。刚从南方来北平，住在朝阳门边一个朋友家。那时教务长是张仲述先生，我们没见面。我写信给他，约定第三天上午去看他。写信时也和那位朋友商量过，十点赶得到清华么，从朝阳门那儿？他那时已经来过一次，但似乎只记得"长林碧草"——他写到南方给我的信这么说——说不出路上究竟要多少时候。他劝我八点动身，雇洋车直到西直门换车，免得老等电车，又换来换去的，耽误事。那时西直门到清华只有洋车直达；后来知道也可以搭香山汽车到海甸再乘洋车，但那是后来的事了。

第三天到了，不知是起得晚了些还是别的，跨出朋友家，已经九点挂零。心里不免有点儿急，车夫走的也特别慢似的。到西直门换了车。据车夫说本有条小路，雨后积水，不通了；那只得由正道了。刚出城一段儿还认识，因为也是去万牲园的路；以后就茫然。到黄庄的时候，瞧着些屋子，以为一定是海甸了；心里想清华也就快到了吧，自己安慰着。快到真的海甸时，问车夫："到了吧？""没哪。这是海——甸。"这一下更茫然了。海甸这么难到，清华要何年何月呢？而车夫说饿了，非得买点儿吃的。吃吧，反正豁出去了。这一吃又是十来分钟。说还有三里多路呢。那时没有燕京大学，路上没什么看的，只有远处淡淡的西山——那天没有太阳——略略可解闷儿。好容易过了红桥，喇嘛庙，渐渐看见两行高柳，像穹门一般。什刹海的垂杨虽好，但没有这么多这么深，那时路上只有我一辆车，大有长驱直入的神气。柳树前一面牌子，写着"入校车马缓行"；这才真到了，心里想，可是大门还够远的，不用说西院门又骗了我一次，又是六七分钟，才真真到了。坐在张先生客厅里一看钟，十二点还欠十五分。

张先生住在乙所，得走过那"长林碧草"，那浓绿真可醉人。张先生客厅里挂着一副有正书局印的邓完白隶书长联。我有一个会写字的同学，他喜欢邓完白，他也有这一副对联；所以我这时如见故人一般。张先生出来了。他比我高得多，脸也比我长得多，一眼看出是个顶能干的人。我向他道歉来得太晚，他也向我道歉，说刚好有个约会，不能留我吃饭。谈了不大工夫,十二点过了,我告辞。到门口,原车还在,坐着回北平吃饭去。过了一两天,我就搬行李来了。这回却坐了火车,是从环城铁路朝阳门站上车的。

以后城内城外来往的多了,得着一个诀窍;就是在西直门一上洋车,且别想"到"清华,不想着不想着也就到了。——香山汽车也搭过一两次,可真够瞧的,两条腿有时候简直无放处,恨不得不是自己的。有一回,在海甸下了汽车,在现在"西园"后面那个小饭馆里,拣了临街一张四方桌,坐在长凳上,要一碟苜蓿肉,两张家常饼,二两白玫瑰,吃着喝着,也怪有意思;而且还在那桌上写了《我的南方》一首歪诗。那时海甸到清华一路常有穷女人或孩子跟着车要钱。他们除"您修好"等等常用语句外,有时会说"您将来做校长",这是别处听不见的。

哀韦杰三君

韦杰三君是一个可爱的人；我第一回见他面时就这样想。这一天我正坐在房里，忽然有敲门的声音；进来的是一位温雅的少年。我问他"贵姓"的时候，他将他的姓名写在纸上给我看；说是苏甲荣先生介绍他来的。苏先生是我的同学，他的同乡，他说前一晚已来找过我了，我不在家；所以这回又特地来的。我们闲谈了一会，他说怕耽误我的时间，就告辞走了。是的，我们只谈了一会儿，而且并没有什么重要的话——我现在已全忘记——但我觉得已懂得他了，我相信他是一个可爱的人。

第二回来访，是在几天之后。那时新生甄别试验刚完，他的国文课是被分在钱子泉先生的班上。他来和我说，要转到我的班上。我和他说，钱先生的学问，是我素来佩服的；在他班上比在我班上一定好。而且已定的局面，因一个人而变动，也不大方便。他应了几声，也没有什么，就走了。从此他就不曾到我这里来。有一回，在三院第一排屋的后门口遇见他，他微笑着向我点头；他本是捧了书及墨盒去上课的，这时却站住了向我说："常想到先生那里，只是功课太忙了，总想去的。"我说：

"你闲时可以到我这里谈谈。"我们就点首作别。三院离我住的古月堂似乎很远，有时想起来，几乎和前门一样。所以半年以来，我只在上课前，下课后几分钟里，偶然遇着他三四次；除上述一次外，都只匆匆地点头走过，不曾说一句话。但我常是这样想：他是一个可爱的人。

他的同乡苏先生，我还是来京时见过一回，半年来不曾再见。我不曾能和他谈韦君；我也不曾和别人谈韦君，除了钱子泉先生。钱先生有一日告诉我，说韦君总想转到我班上；钱先生又说："他知道不能转时，也很安心的用功了，笔记做得很详细的。"我说，自然还是在钱先生班上好。以后这件事还谈起一两次。直到三月十九日早，有人误报了韦君的死信；钱先生站在我屋外的台阶上惋惜地说："他寒假中来和我谈。我因他常是忧郁的样子，便问他为何这样；是为了我吗？他说：'不是，你先生很好的；我是因家境不宽，老是愁烦着。'他说他家里还有一个年老的父亲和未成年的弟弟；他说他弟弟因为家中无钱，已失学了。他又说他历年在外读书的钱，一小半是自己休了学去做教员弄来的，一大半是向人告贷来的。他又说，下半年的学费还没有着落呢。"但他却不愿平白地受人家的钱；我们只看他给大学部学生会起草的请改奖金制为借贷制与工读制的信，便知道他年纪虽轻，做人却有骨气的。

我最后见他，是在三月十八日早上，天安门下电车时。也照平常一样，微笑着向我点头。他的微笑显示他纯洁的心，告诉人，他愿意亲近一切；我是不会忘记的。还有他的静默，我也不会忘记。据陈云豹先生的《行述》，韦君很能说话；但这半年来，我们听见的，却只有他的静默而已。他的静默里含有忧郁、悲苦、坚忍、温雅等等，是最足以引人深长之思和切至之情的。他病中，据陈云豹君在本校追悼会里报告，虽也有一时期，很是躁急，但他终于在离开我们之前，写了那样平静的两句话给校长；他那两句话包蕴着无穷的悲哀，这是静默的悲哀！所以我现在又想，他毕竟是一个可爱的人。

三月十八日晚上，我知道他已危险；第二天早上，听见他死了，叹息而已！但走去看学生会的布告时，知他还在人世，觉得被鼓励似的，忙着将这消息告诉别人。有不信的，我立刻举出学生会布告为证。我二十日进城，到协和医院想去看他；但不知道医院的规则，去迟了一点钟，不得进去。我很怅惘地在门外徘徊了一会，试问门役道："你知道清华学校有一个韦杰三，死了没有？"他的回答，我原也知道的，是"不知道"三字！那天傍晚回来；二十一日早上，便得着他死的信息——这回他真死了！他死在二十一日上午一时四十八分，就是二十日的夜里，我二十日若早去一点钟，还可见他一面呢。这真是十分遗憾的！二十三日同人及同学入城迎灵，我在城里十二点才见报，已赶不及了。下午回来，在校门外看见杠房里的人，知道柩已来了。我到古月堂一问，知道柩安放在旧礼堂里。我去的时候，正在重殓，韦君已穿好了殓衣在照相了。据说还光着身子照了一张相，是照伤口的。我没有看见他的伤口；但是这种情景，不看见也罢了。照相毕，入殓，我走到柩旁：韦君的脸已变了样子，我几乎不认识了！他的两颧突出，颊肉瘪下，掀唇露齿，哪里还像我初见时的温雅呢？这必是他几日间的痛苦所致的。唉，我们可以想见了！我正在乱想，棺盖已经盖上；唉，韦君，这真是最后一面了！我们从此真无再见之期了！死生之理，我不能懂得，但不能再见是事实，韦君，我们失掉了你，更将从何处觅你呢？

韦君现在一个人睡在刚秉庙的一间破屋里，等着他迢迢千里的老父，天气又这样坏；韦君，你的魂也彷徨着吧！

荷塘月色

　　这几天心里颇不宁静。今晚在院子里坐着乘凉,忽然想起日日走过的荷塘,在这满月的光里,总该另有一番样子吧。月亮渐渐地升高了,墙外马路上孩子们的欢笑,已经听不见了;妻在屋里拍着闰儿,迷迷糊糊地哼着眠歌。我悄悄地披了大衫,带上门出去。

　　沿着荷塘,是一条曲折的小煤屑路。这是一条幽僻的路;白天也少人走,夜晚更加寂寞。荷塘四面,长着许多树,蓊蓊郁郁的。路的一旁,是些杨柳,和一些不知道名字的树。没有月光的晚上,这路上阴森森的,有些怕人。今晚却很好,虽然月光也还是淡淡的。

　　路上只我一个人,背着手踱着。这一片天地好像是我的;我也像超出了平常的自己,到了另一世界里。我爱热闹,也爱冷静;爱群居,也爱独处。像今晚上,一个人在这苍茫的月下,什么都可以想,什么都可以不想,便觉是个自由的人。白天里一定要做的事,一定要说的话,现在都可不理。这是独处的妙处;我且受用这无边的荷香月色好了。

　　曲曲折折的荷塘上面,弥望的是田田的叶子。叶子出水很高,像亭亭的舞女的裙。层层的叶子中间，零星地点缀着些白花，有袅娜地开着的，有羞涩地打着朵儿的；正如一粒粒的明珠，又如碧天里的星星，又如刚出浴的美人。微风过处，送来缕缕清香，仿佛远处高楼上渺茫的歌声似的。这时候叶子与花也有一丝的颤动，像闪电般，霎时传过荷塘的那边去了。叶子本是肩并肩密密地挨着，这便宛然有了一道凝碧的波痕。叶子底下是脉脉的流水，遮住了，不能见一些颜色；而叶子却更见风致了。

月光如流水一般，静静地泻在这一片叶子和花上。薄薄的青雾浮起在荷塘里。叶子和花仿佛在牛乳中洗过一样；又像笼着轻纱的梦。虽然是满月，天上却有一层淡淡的云，所以不能朗照；但我以为这恰是到了好处——酣眠固不可少，小睡也别有风味的。月光是隔了树照过来的，高处丛生的灌木，落下参差的斑驳的黑影，峭楞楞如鬼一般；弯弯的杨柳的稀疏的倩影，却又像是画在荷叶上。塘中的月色并不均匀；但光与影有着和谐的旋律，如梵婀玲上奏着的名曲。

荷塘的四面，远远近近，高高低低都是树，而杨柳最多。这些树将一片荷塘重重围住；只在小路一旁，漏着几段空隙，像是特为月光留下的。树色一例是阴阴的，乍看像一团烟雾；但杨柳的丰姿，便在烟雾里也辨得出。树梢上隐隐约约的是一带远山，只有些大意罢了。树缝里也漏着一两点路灯光，没精打采的，是渴睡人的眼。这时候最热闹的，要数树上的蝉声与水里的蛙声；但热闹是它们的，我什么也没有。

忽然想起采莲的事情来了。采莲是江南的旧俗，似乎很早就有，而六朝时为盛；从诗歌里可以约略知道。采莲的是少年的女子，她们是荡着小船，唱着艳歌去的。采莲人不用说很多，还有看采莲的人。那是一个热闹的季节，也是一个风流的季节。梁元帝《采莲赋》里说得好：

于是妖童媛女，荡舟心许；鹢首徐回，兼传羽杯；櫂将移而藻挂，船欲动而萍开。尔其纤腰束素，迁延顾步；夏始春余，叶嫩花初，恐沾裳而浅笑，畏倾船而敛裾。

　　可见当时嬉游的光景了。这真是有趣的事，可惜我们现在早已无福消受了。

　　于是又记起《西洲曲》里的句子：

　　采莲南塘秋，莲花过人头；低头弄莲子，莲子清如水。

今晚若有采莲人，这儿的莲花也算得"过人头"了；只不见一些流水的影子，是不行的。这令我到底惦着江南了。——这样想着，猛一抬头，不觉已是自己的门前；轻轻地推门进去，什么声息也没有，妻已睡熟好久了。

怀魏握青君

两年前差不多也是这些日子吧,我邀了几个熟朋友,在雪香斋给握青送行。雪香斋以绍酒著名。这几个人多半是浙江人,握青也是的,而又有一两个是酒徒,所以便拣了这地方。说到酒,莲花白太腻,白干太烈;一是北方的佳人,一是关西的大汉,都不宜于浅斟低酌。只有黄酒,如温旧书,如对故友,真是醰醰有味。只可惜雪香斋的酒还上了色;若是"竹叶青",那就更妙了。握青是到美国留学去,要住上三年;这么远的路,这么多的日子,大家确有些惜别,所以那晚酒都喝得不少。出门分手,握青又要我去中天看电影。我坐下直觉头晕。握青说电影如何如何,我只糊糊涂涂听着;几回想张眼看,却什么也看不出。终于支持不住,出其不意,哇地吐出来了。观众都吃一惊,附近的人全堵上了鼻子;这真有些惶恐。握青扶我回到旅馆,他也吐了。但我们心里都觉得这一晚很痛快。我想握青该还记得那种狼狈的光景吧?

我与握青相识,是在东南大学。那时正是暑假,中华教育改进社借那儿开会。我与方光焘君去旁听,偶然遇着握青;方君是他的同乡,一向认识，便给我们介绍了。那时我只知道他很活动，会交际而已。匆匆一面，便未再见。三年前，我北来作教，恰好与他同事。我初到，许多事都不知怎样做好；他给了我许多帮助。我们同住在一个院子里，吃饭也在一处。因此常和他谈论。我渐渐知道他不只是很活动，会交际；他有他的真心，他有他的锐眼，他也有他的傻样子。许多朋友都以为他是个傻小子，大家都叫他老魏，连听差背地里也是这样叫他；这个太亲昵的称呼，只有他有。

但他决不如我们所想的那么"傻"，他是个玩世不恭的人——至少我在北京见着他是如此。那时他已一度受过人生的戒，从前所有多或少的严肃气分，暂时都隐藏起来了；剩下的只是那冷然的玩弄一切的态度。我们知道这种剑锋般的态度，若赤裸裸地露出，便是自己矛盾，所以总得用了什么法子盖藏着。他用的是一副傻子的面具。我有时要揭开他这副面具，他便说我是《语丝》派。但他知道我，并不比我知道他少。他能由我一个短语，知道全篇的故事。他对于别人，也能知道；但只默喻着，不大肯说出。他的玩世，在有些事情上，也许太随便些。但以或种意义说，他要复仇；人总是人，又有什么办法呢？至少我是原谅他的。

以上其实也只说得他的一面；他有时也能为人尽心竭力。他曾为我决定一件极为难的事。我们沿着墙根，走了不知多少趟；他源源本本，条分缕析地将形势剖解给我听。你想，这岂傻子所能做的？幸亏有这一面，他还能高高兴兴过日子；不然，没有笑，没有泪，只有冷脸，只有"鬼脸"，岂不郁郁地闷煞人！

我最不能忘的，是他动身前不多时的一个月夜。电灯灭后，月光照了满院，柏树森森地竦立着。屋内人都睡了；我们站在月光里，柏树旁，看着自己的影子。他轻轻地诉说他生平冒险的故事。说一会，静默一会。

这是一个幽奇的境界。他叙述时,脸上隐约浮着微笑,就是他心地平静时常浮在他脸上的微笑;一面偏着头,老像发问似的。这种月光,这种院子,这种柏树,这种谈话,都很可珍贵;就由握青自己再来一次,怕也不一样的。

他走之前,很愿我做些文字送他;但又用玩世的态度说,"怕不肯吧?我晓得,你不肯的。"我说,"一定做,而且一定写成一幅横披——只是字不行些。"但是我惭愧我的懒,那"一定"早已几乎变成"不肯"了!而且他来了两封信,我竟未复只字。这叫我怎样说好呢?我实在有种坏脾气,觉得路太遥远,竟有些渺茫一般,什么便都因循下来了。好在他的成绩很好,我是知道的;只此就很够了。别的,反正他明年就回来,我们再好好地谈几次,这是要紧的。——我想,握青也许不那么玩世了吧。

儿 女

我现在已是五个儿女的父亲了。想起圣陶喜欢用的"蜗牛背了壳"的比喻，便觉得不自在。新近一位亲戚嘲笑我说，"要剥层皮呢！"更有些悚然了。十年前刚结婚的时候，在胡适之先生的《藏晖室札记》里，见过一条，说世界上有许多伟大的人物是不结婚的；文中并引培根的话，"有妻子者，其命定矣"。当时确吃了一惊，仿佛梦醒一般；但是家里已是不由分说给娶了媳妇，又有甚么可说？现在是一个媳妇，跟着来了五个孩子；两个肩头上，加上这么重一副担子，真不知怎样走才好。"命定"是不用说了；从孩子们那一面说，他们该怎样长大，也正是可以忧虑的事。我是个彻头彻尾自私的人，做丈夫已是勉强，做父亲更是不成。自然，"子孙崇拜""儿童本位"的哲理或伦理，我也有些知道；既做着父亲，闭了眼抹杀孩子们的权利，知道是不行的。可惜这只是理论，实际上我是仍旧按照古老的传统，在野蛮地对付着，和普通的父亲一样。近来差不多是中年的人了，才渐渐觉得自己的残酷；想着孩子们受过的体罚和叱责，始终不能辩解——像抚摩着旧创痕那样，我的心酸溜溜的。

有一回，读了有岛武郎《与幼小者》的译文，对了那种伟大的、沉挚的态度，我竟流下泪来了。去年父亲来信，问起阿九，那时阿九还在白马湖呢；信上说，"我没有耽误你，你也不要耽误他才好。"我为这句话哭了一场；我为什么不像父亲的仁慈？我不该忘记，父亲怎样待我们来着！人性许真是二元的，我是这样地矛盾；我的心像钟摆似的来去。

你读过鲁迅先生的《幸福的家庭》么？我的便是那一类的"幸福的家庭"！每天午饭和晚饭，就如两次潮水一般。先是孩子们你来他去地在厨房与饭间里查看，一面催我或妻发"开饭"的命令。急促繁碎的脚步，夹着笑和嚷，一阵阵袭来，直到命令发出为止。他们一递一个地跑着喊着，将命令传给厨房里用人；便立刻抢着回来搬凳子。于是这个说，"我坐这儿！"那个说，"大哥不让我！"大哥却说，"小妹打我！"我给他们调解，说好话。但是他们有时候很固执，我有时候也不耐烦，这便用着叱责了；叱责还不行，不由自主地，我的沉重的手掌便到他们身上了。于是哭的哭，坐的坐，局面才算定了。接着可又你要大碗，他要小碗，你说红筷子好，他说黑筷子好；这个要干饭，那个要稀饭，要茶要汤，要鱼要肉，要豆腐，要萝卜；你说他菜多，他说你菜好。妻是照例安慰着他们，但这显然是太迂缓了。我是个暴躁的人，怎么等得及？不用说，用老法子将他们立刻征服了；虽然有哭的，不久也就抹着泪捧起碗了。吃完了，纷纷爬下凳子，桌上是饭粒呀，汤汁呀，骨头呀，渣滓呀，加上纵横的筷子，欹斜的匙子，就如一块花花绿绿的地图模型。吃饭而外，他们的大事便是游戏。游戏时，大的有大主意，小的有小主意，各自坚持不下，于是争执起来；或者大的欺负了小的，或者小的竟欺负了大的，被欺负的哭着嚷着，到我或妻的面前诉苦；我大抵仍旧要用老法子来判断的，但不理的时候也有。最为难的,是争夺玩具的时候:这一个的与那一个的是同样的东西,却偏要那一个的;而那一个便偏不答应。在这种情形之下,不论如何,终于是非哭了不可的。这些事件自然不至于天天全有,但大致总有好些起。我若坐在家里看书或写什么东西,管保一点钟里要分几回心,或站起来一两次的。若是雨天或礼拜日,孩子们在家的多,那么,摊开书竟看不下一行,提起笔也写不出一个字的事,也有过的。我常和妻说:"我们家真是成日的千军万马呀!"有时是不但"成日",连夜里也有兵马在进行着,在有吃乳或生病的孩子的时候!

我结婚那一年,才十九岁。二十一岁,有了阿九;二十三岁,又有了阿菜。那时我正像一匹野马,哪能容忍这些累赘的鞍鞯、辔头和缰绳?摆脱也知是不行的,但不自觉地时时在摆脱着。现在回想起来,那些日子,真苦了这两个孩子;真是难以宽宥的种种暴行呢!阿九才两岁半的样子,我们住在杭州的学校里。不知怎地,这孩子特别爱哭,又特别怕生人。一不见了母亲,或来了客,就哇哇地哭起来了。学校里住着许多人,我不能让他扰着他们,而客人也总是常有的;我懊恼极了,有一回,特地骗出了妻,关了门,将他按在地下打了一顿。这件事,妻到现在说起来,还觉得有些不忍;她说我的手太辣了,到底还是两岁半的孩子!我近年常想着那时的光景,也觉黯然。阿菜在台州,那是更小了,才过了周岁,还不大会走路。也是为了缠着母亲的缘故吧,我将她紧紧地按在墙角里,直哭喊了三四分钟;因此生了好几天病。妻说,那时真寒心呢!但我的苦痛也是真的。我曾给圣陶写信,说孩子们的磨折,实在无法奈何;有时竟觉着还是自杀的好。这虽是气愤的话,但这样的心情,确也有过的。后来孩子是多起来了,磨折也磨折得久了,少年的锋棱渐渐地钝起来了;加以增长的年岁增长了理性的裁制力,我能够忍耐了——

觉得从前真是一个"不成才的父亲",如我给另一个朋友信里所说。但我的孩子们在幼小时,确比别人的特别不安静,我至今还觉如此。我想这大约还是由于我们抚育不得法;从前只一味地责备孩子,让他们代我们负起责任,却未免是可耻的残酷了!

  正面意义的"幸福",其实也未尝没有。正如谁所说,小的总是可爱,孩子们的小模样,小心眼儿,确有些教人舍不得的。阿毛现在五个月了,你用手指去拨弄她的下巴,或向她做趣脸,她便会张开没牙的嘴格格地笑,笑得像一朵正开的花。她不愿在屋里待着;待久了,便大声儿嚷。妻常说:"姑娘又要出去溜达了。"她说她像鸟儿般,每天总得到外面溜一些时候。闰儿上个月刚过了三岁,笨得很,话还没有学好呢。他只能说三四个字的短语或句子,文法错误,发音模糊,又得费气力说出;我们老是要笑他的。他说"好"字,总变成"小"字,问他"好不好?"他便说"小",或"不小"。我们常常逗着他说这个字玩儿;他似乎有些觉得,近来偶然也能说出正确的"好"字了——特别在我们故意说成"小"字的时候。他有一只搪磁碗,是一毛来钱买的;买来时,老妈子教给他,"这是一毛钱。"他便记住"一毛"两个字,管那只碗叫"一毛",有时竟省称为"毛"。这在新来的老妈子,是必需翻译了才懂的。他不好意思,或见着生客时,便咧着嘴痴笑;我们常用了土话,叫他做"呆瓜"。他是个小胖子,短短的腿,走起路来,蹒跚可笑;若快走或跑,便更"好看"了。他有时学我,将两手叠在背后,一摇一摆的;那是他自己和我们都要乐的。他的大姊便是阿菜,已是七岁多了,在小学校里念着书。在饭桌上,一定得啰啰唆唆地报告些同学或他们父母的事情;气喘喘地说着,不管你爱听不爱听。说完了总问我:"爸爸认识么?""爸爸知道么?"妻常禁止她吃饭时说话,所以她总是问我。她的问题真多:

看电影便问电影里的是不是人？是不是真人？怎么不说话？看照相也是一样。不知谁告诉她，兵是要打人的。她回来便问，兵是人么？为什么打人？近来大约听了先生的话，回来又问张作霖的兵是帮谁的？蒋介石的兵是不是帮我们的？诸如此类的问题，每天短不了，常常闹得我不知怎样答才行。她和闰儿在一处玩儿，一大一小，不很合式，老是吵着哭着。但合式的时候也有：譬如这个往床底下躲，那个便钻进去追着；这个钻出来，那个也跟着——从这个床到那个床，只听见笑着，嚷着，喘着，真如妻所说，像小狗似的。现在在京的，便只有这三个孩子；阿九和转儿是去年北来时，让母亲暂时带回扬州去了。

阿九是欢喜书的孩子。他爱看《水浒》《西游记》《三侠五义》《小朋友》等；没有事便捧着书坐着或躺着看。只不欢喜《红楼梦》，说是没有味儿。是的，《红楼梦》的味儿，一个十岁的孩子，哪里能领略呢？去年我们事实上只能带两个孩子来；因为他大些，而转儿是一直跟着祖母的，便在上海将他俩丢下。我清清楚楚记得那分别的一个早上。我领着阿九从二洋泾桥的旅馆出来，送他到母亲和转儿住着的亲戚家去。妻嘱咐说："买点吃的给他们吧。"我们走过四马路，到一家茶食铺里。阿九说要熏鱼，我给买了；又买了饼干，是给转儿的。便乘电车到海宁路。下车时，看着他的害怕与累赘，很觉恻然。到亲戚家，因为就要回旅馆收拾上船，只说了一两句话便出来；转儿望望我，没说什么，阿九是和祖母说什么去了。我回头看了他们一眼，硬着头皮走了。后来妻告诉我，阿九背地里向她说："我知道爸爸欢喜小妹，不带我上北京去。"其实这是冤枉的。他又曾和我们说："暑假时一定来接我啊！"我们当时答应着；但现在已是第二个暑假了，他们还在迢迢的扬州待着。他们是恨着我们呢？还是惦着我们呢？妻是一年来老放不下这两个，常常独自暗中流泪；

但我有什么法子呢！想到"只为家贫成聚散"一句无名的诗，不禁有些凄然。转儿与我较生疏些。但去年离开白马湖时，她也曾用了生硬的扬州话（那时她还没有到过扬州呢），和那特别尖的小嗓子向着我："我要到北京去。"她晓得什么北京，只跟着大孩子们说罢了；但当时听着，现在想着的我，却真是抱歉呢。这兄妹俩离开我，原是常事，离开母亲，虽也有过一回，这回可是太长了；小小的心儿，知道是怎样忍耐那寂寞来着！

我的朋友大概都是爱孩子的。少谷有一回写信责备我，说儿女的吵闹，也是很有趣的，何至可厌到如我所说；他说他真不解。子恺为他家华瞻写的文章，真是"蔼然仁者之言"。圣陶也常常为孩子操心：小学毕业了，到什么中学好呢？——这样的话，他和我说过两三回了。我对他们只有惭愧！可是近来我也渐渐觉着自己的责任。我想，第一该将孩子们团聚起来，其次便该给他们些力量。我亲眼见过一个爱儿女的人，因为不曾好好地教育他们，便将他们荒废了。他并不是溺爱，只是没有耐心去料理他们，他们便不能成材了。我想我若照现在这样下去，孩子们也便危险了。我得计划着，让他们渐渐知道怎样去做人才行。但是要不要他们像我自己呢？这一层，我在白马湖教初中学生时，也曾从师生的立场上问过丏尊，他毫不踌躇地说，"自然啰。"近来与平伯谈起教子，他却答得妙："总不希望比自己坏啰。"是的，只要不"比自己坏"就行，"像"不"像"倒是不在乎的。职业、人生观等，还是由他们自己去定的好；自己顶可贵，只要指导，帮助他们去发展自己，便是极贤明的办法。

予同说："我们得让子女在大学毕了业，才算尽了责任。"SK说："不然，要看我们的经济，他们的材质与志愿；若是中学毕了业，不能或不愿升学，便去做别的事，譬如做工人吧，那也并非不行的。"自然，人的好坏与成败，也不尽靠学校教育；说是非大学毕业不可，也许只是我们的偏见。在这件事上，我现在毫不能有一定的主意；特别是这个变动不居的时代，知道将来怎样？好在孩子们还小，将来的事且等将来吧。目前所能做的，只是培养他们基本的力量——胸襟与眼光；孩子们还是孩子们，自然说不上高的远的，慢慢从近处小处下手便了。这自然也只能先按照我自己的样子；"神而明之，存乎其人"，光辉也罢，倒楣也罢，平凡也罢，让他们各尽各的力去。我只希望如我所想的，从此好好地做一回父亲，便自称心满意。——想到那"狂人""救救孩子"的呼声，我怎敢不悚然自勉呢？

给亡妇

　　谦，日子真快，一眨眼你已经死了三个年头了。这三年里世事不知变化了多少回，但你未必注意这些个，我知道。你第一惦记的是你几个孩子，第二便轮着我。孩子和我平分你的世界，你在日如此；你死后若还有知，想来还如此的。告诉你，我夏天回家来着：迈儿长得结实极了，比我高一个头。闰儿父亲说是最乖，可是没有先前胖了。采芷和转子都好。五儿全家夸她长得好看；却在腿上生了湿疮，整天坐在竹床上不能下来，看了怪可怜的。六儿，我怎么说好，你明白，你临终时也和母亲谈过，这孩子是只可以养着玩儿的，他左挨右挨去年春天，到底没有挨过去。这孩子生了几个月，你的肺病就重起来了。我劝你少亲近他，只监督着老妈子照管就行。你总是忍不住，一会儿提，一会儿抱的。可是你病中为他操的那一份儿心也够瞧的。那一个夏天他病的时候多，你成天儿忙着，汤呀，药呀，冷呀，暖呀，连觉也没有好好儿睡过。哪里有一分一毫想着你自己。瞧着他硬朗点儿你就乐，干枯的笑容在黄蜡般的脸上，我只有暗中叹气而已。

从来想不到做母亲的要像你这样。从迈儿起，你总是自己喂乳，一连四个都这样。你起初不知道按钟点儿喂，后来知道了，却又弄不惯了；孩子们每夜里几次将你哭醒了，特别是闷热的夏季。我瞧你的觉老没睡足。白天里还得做菜，照料孩子，很少得空儿。你的身子本来坏，四个孩子就累你七八年。到了第五个，你自己实在不成了，又没乳，只好自己喂奶粉，另雇老妈子专管她。但孩子跟老妈子睡，你就没有放过心；夜里一听见哭，就竖起耳朵听，工夫一大就得过去看。十六年初，和你到北京来，将迈儿、转子留在家里；三年多还不能去接他们，可真把你惦记苦了。你并不常提，我却明白。你后来说你的病就是惦记出来的；那个自然也有份儿，不过大半还是养育孩子累的。你的短短的十二年结婚生活，有十一年耗费在孩子们身上；而你一点不厌倦，有多少力量用多少，一直到自己毁灭为止。你对孩子一般儿爱，不问男的女的，大的小的。也不想到什么"养儿防老，积谷防饥"，只拼命地爱去。你对于教育老实说有些外行，孩子们只要吃得好玩得好就成了。这也难怪你，你自己便是这样长大的。况且孩子们原都还小，吃和玩本来也要紧的。你病重的时候最放不下的还是孩子。病得只剩皮包着骨头了，总不信自己不会好；老说："我死了，这一大群孩子可苦了。"后来说送你回家，你想着可以看见迈儿和转子，也愿意；你万不想到会一走不返的。我送车的时候，你忍不住哭了，说："还不知能不能再见？"可怜，你的心我知道，你满想着好好儿带着六个孩子回来见我的。谦，你那时一定这样想，一定的。

除了孩子，你心里只有我。不错,那时你父亲还在；可是你母亲死了，他另有个女人，你老早就觉得隔了一层似的。出嫁后第一年你虽还一心一意依恋着他老人家，到第二年上我和孩子可就将你的心占住，你再没有多少工夫惦记他了。你还记得第一年我在北京，你在家里。家里来信说你待不住，常回娘家去。我动气了，马上写信责备你。你教人写了一封复信，说家里有事，不能不回去。这是你第一次也可以说第末次的抗议，我从此就没给你写信。暑假时带了一肚子主意回去，但见了面，看你一脸笑，也就拉倒了。打这时候起，你渐渐从你父亲的怀里跑到我这儿。你换了金镯子帮助我的学费，叫我以后还你；但直到你死，我没有还你。你在我家受了许多气，又因为我家的缘故受你家里的气，你都忍着。这全为的是我，我知道。那回我从家乡一个中学半途辞职出走。家里人讽你也走。哪里走！只得硬着头皮往你家去。那时你家像个冰窖子，你们在窖里足足住了三个月。好容易我才将你们领出来了，一同上外省去。小家庭这样组织起来了。你虽不是什么阔小姐，可也是自小娇生惯养的，做起主妇来，什么都得干一两手；你居然做下去了，而且高高兴兴地做下去了。菜照例满是你做，可是吃的都是我们；你至多夹上两三筷子就算了。你的菜做得不坏，有一位老在行大大地夸奖过你。你洗衣服也不错，夏天我的绸大褂大概总是你亲自动手。你在家老不乐意闲着；坐前几个"月子"，老是四五天就起床，说是躺着家里事没条没理的。其实你起来也还不是没条理；咱们家那么多孩子，哪儿来条理？在浙江住的时候，逃过两回兵难，我都在北平。真亏你领着母亲和一群孩子东藏西躲的；末一回还要走多少里路，翻一道大岭。这两回差不多只靠你一个人。你不但带了母亲和孩子们，还带了我一箱箱的书；你知道我是最爱书的。在短短的十二年里，你操的心比人家一辈子还多；谦，你那样身子怎么经得住！你将我的责任一股脑儿担负了去，压死了你；我如何对得起你！

你为我的劳什子书也费了不少神；第一回让你父亲的男用人从家乡

捎到上海去。他说了几句闲话,你气得在你父亲面前哭了。第二回是带着逃难,别人都说你傻子。你有你的想头:"没有书怎么教书?况且他又爱这个玩意儿。"其实你没有晓得,那些书丢了也并不可惜;不过教你怎么晓得,我平常从来没和你谈过这些个!总而言之,你的心是可感谢的。这十二年里你为我吃的苦真不少,可是没有过几天好日子。我们在一起住,算来也还不到五个年头。无论日子怎么坏,无论是离是合,你从来没对我发过脾气,连一句怨言也没有。——别说怨我,就是怨命也没有过。老实说,我的脾气可不大好,迁怒的事儿有的是。那些时候你往往抽噎着流眼泪,从不回嘴,也不号啕。不过我也只信得过你一个人,有些话我只和你一个人说,因为世界上只你一个人真关心我,真同情我。你不但为我吃苦,更为我分苦;我之有我现在的精神,大半是你给我培养着的。这些年来我很少生病。但我最不耐烦生病,生了病就呻吟不绝,闹那伺候病的人。你是领教过一回的,那回只一两点钟,可是也够麻烦了。你常生病,却总不开口,挣扎着起来;一来怕搅我,二来怕没人做你那份儿事。我有一个坏脾气,怕听人生病,也是真的。后来你天天发烧,自己还以为南方带来的疟疾,一直瞒着我。明明躺着,听见我的脚步,一骨碌就坐起来。我渐渐有些奇怪,让大夫一瞧,这可糟了,你的一个肺已烂了一个大窟窿了!大夫劝你到西山去静养,你丢不下孩子,又舍不得钱;劝你在家里躺着,你也丢不下那份儿家务。越看越不行了,这才送你回去。明知凶多吉少,想不到只一个月工夫你就完了!本来盼望还见得着你,这一来可拉倒了。你也何尝想到这个?父亲告诉我,你回家独住着一所小住宅,还嫌没有客厅,怕我回去不便哪。

　　前年夏天回家,上你坟上去了。你睡在祖父母的下首,想来还不孤单的。只是当年祖父母的坟太小了,你正睡在圹底下。这叫做"抗圹",

在生人看来是不安心的;等着想办法吧。那时圹上圹下密密地长着青草,朝露浸湿了我的布鞋。你刚埋了半年多,只有圹下多出一块土,别的全然看不出新坟的样子。我和隐今夏回去,本想到你的坟上来,因为她病了,没来成。我们想告诉你,五个孩子都好,我们一定尽心教养他们,让他们对得起死了的母亲——你!谦,好好儿放心安睡吧,你。

南　京

南京是值得留连的地方，虽然我只是来来去去，而且又都在夏天。也想夸说夸说，可惜知道的太少；现在所写的，只是一个旅行人的印象罢了。

逛南京像逛古董铺子，到处都有些时代侵蚀的遗痕。你可以摩挲，可以凭吊，可以悠然遐想；想到六朝的兴废，王谢的风流，秦淮的艳迹。这些也许只是老调子，不过经过自家一番体贴，便不同了。所以我劝你上鸡鸣寺去，最好选一个微雨天或月夜。在朦胧里，才酝酿着那一缕幽幽的古味。你坐在一排明窗的豁蒙楼上，吃一碗茶，看面前苍然蜿蜒着的台城。台城外明净荒寒的玄武湖就像大涤子的画。豁蒙楼一排窗子安排得最有心思，让你看的一点不多，一点不少。寺后有一口灌园的井，可不是那陈后主和张丽华躲在一堆儿的"胭脂井"。那口胭脂井不在路边，得破费点工夫寻觅。井栏也不在井上；要看，得老远地上明故宫遗址的古物保存所去。

从寺后的园地，拣着路上台城；没有垛子，真像平台一样。踏在茸茸的草上，说不出的静。夏天白昼有成群的黑蝴蝶，在微风里飞；这些黑蝴蝶上下旋转地飞，远看像一根粗的圆柱子。城上可以望南京的每一角。这时候若有个熟悉历代形势的人，给你指点，隋兵是从这角进来的，湘军是从那角进来的，你可以想象异样装束的队伍，打着异样的旗帜，拿着异样的武器，汹汹涌涌地进来，远远仿佛还有哭喊之声。假如你记得一些金陵怀古的诗词，趁这时候暗诵几回，也可印证印证，许更能领略作者当日的情思。

从前可以从台城爬出去，在玄武湖边；若是月夜，两三个人，两三个零落的影子，歪歪斜斜地挪移下去，够多好。现在可不成了，得出寺，下山，绕着大弯儿出城。七八年前，湖里几乎长满了苇子，一味地荒寒，虽有好月光，也不大能照到水上，船又窄，又小，又漏，教人逛着愁着。这几年大不同了，一出城，看见湖，就有烟水苍茫之意；船也大多了，有藤椅子可以躺着。水中岸上都光光的；亏得湖里有五个洲子点缀着，不然便一览无余了。这里的水是白的，又有波澜，俨然长江大河的气势，与西湖的静绿不同，最宜于看月，一片空蒙，无边无界。若在微醺之后，迎着小风，似睡非睡地躺在藤椅上，听着船底汩汩的波响与不知何方来的箫声，真会教你忘却身在哪里。五个洲子似乎都局促无可看，但长堤宛转相通，却值得走走。湖上的樱桃最出名。据说樱桃熟时，游人在树下现买，现摘，现吃，谈着笑着，多热闹的。

清凉山在一个角落里，似乎人迹不多。扫叶楼的安排与豁蒙楼相仿佛，但窗外的景象不同。这里是滴绿的山环抱着，山下一片滴绿的树；那绿色真是扑到人眉宇上来。若许我再用画来比，这怕像王石谷的手笔了。在豁蒙楼上不容易坐得久，你至少要上台城去看看。在扫叶楼上却不想走，窗外的光景好像满为这座楼而设，一上楼便什么都有了。夏天去确有一股"清凉"味。这里与豁蒙楼全有素面吃,又可口,又贱。

莫愁湖在华严庵里。湖不大,又不能泛舟,夏天却有荷花荷叶。临湖一带屋子,凭栏眺望,也颇有远情。莫愁小像,在胜棋楼下,不知谁画的,大约不很古吧,但脸子开得秀逸之至,衣褶也柔活之至,大有"挥袖凌虚翔"的意思;若让我题,我将毫不踌躇地写上"仙乎仙乎"四字。另有石刻的画像,也在这里,想来许是哪一幅画所从出;但生气反而差得多。这里虽也临湖,因为屋子深,显得阴暗些;可是古色古香,阴暗得好。诗文联语当然多,只记得王湘绮的半联云:"莫轻他北地胭脂,看艇子初来,江南儿女无颜色。"气概很不错。所谓胜棋楼,相传是明太祖与徐达下棋,徐达胜了,太祖便赐给他这一所屋子。太祖那样人,居然也会做出这种雅事来了。左手临湖的小阁却敞亮得多,也敞亮得好。有曾国藩画像,忘记是谁横题着"江天小阁坐人豪"一句。我喜欢这个题句,"江天"与"坐人豪",景象阔大,使得这屋子更加开朗起来。

秦淮河我已另有记。但那文里所说的情形,现在已大变了。从前读《桃花扇》《板桥杂记》一类书,颇有沧桑之感;现在想到自己十多年前身历的情形,怕也会有沧桑之感了。前年看见夫子庙前旧日的画舫,那样狼狈的样子,又在老万全酒栈看秦淮河水,差不多全黑了,加上巴掌大,透不出气的所谓秦淮小公园,简直有些厌恶,再别提做什么梦了。贡院原也在秦淮河上,现在早拆得只剩一点儿了。民国五年父亲带我去看过,已经荒凉不堪,号舍里草都长满了。父亲曾经办过江南闱差,熟悉考场的情形,说来头头是道。他说考生入场时,都有送场的,人很多,门口闹嚷嚷的。天不亮就点名,搜夹带。大家都归号。似乎直到晚上,头场题才出来,写在灯牌上,由号军扛着在各号里走。所谓"号",就是一条狭长的胡同,两旁排列着号舍,口儿上写着什么天字号,地字号等等的。

每一号舍之大，恰好容一个人坐着；从前人说是像轿子，真不错。几天里吃饭，睡觉，做文章，都在这轿子里；坐的伏的各有一块硬板，如是而已。官号稍好一些，是给达官贵人的子弟预备的，但得补褂朝珠地入场，那时是夏秋之交，天还热，也够受的。父亲又说，乡试时场外有兵巡逻，防备通关节。场内也竖起黑幡，叫鬼魂们有冤报冤，有仇报仇；我听到这里，有点毛骨悚然。现在贡院已变成碎石路；在路上走的人，怕很少想起这些事情的了吧？

明故宫只是一片瓦砾场，在斜阳里看，只感到李太白《忆秦娥》的"西风残照，汉家陵阙"二语的妙。午门还残存着，遥遥直对洪武门的城楼，有万千气象。古物保存所便在这里，可惜规模太小，陈列得也无甚次序。明孝陵道上的石人石马，虽然残缺零乱，还可见泱泱大风；享殿并不巍峨，只陵下的隧道，阴森袭人，夏天在里面待着，凉风沁人肌骨。这陵大概是开国时草创的规模，所以简朴得很；比起长陵，差得真太远了。然而简朴得好。

雨花台的石子，人人皆知；但现在怕也捡不着什么了。那地方毫无可看。记得刘后村的诗云："昔年讲师何处在，高台犹以'雨花'名。有时宝向泥寻得，一片山无草敢生。"我所感的至多也只如此。还有，前些年南京枪决囚人都在雨花台下，所以洋车夫遇见别的车夫和他争先时，常说，"忙什么！赶雨花台去！"这和从前北京车夫说"赶菜市口儿"一样。现在时移势异，这种话渐渐听不见了。

燕子矶在长江里看，一片绝壁，危亭翼然，的确惊心动魄。但到了上边，逼窄污秽，毫无可以盘桓之处。燕山十二洞，去过三个。只三台洞层层折折，由幽入明，别有匠心，可是也年久失修了。

南京的新名胜，不用说，首推中山陵。中山陵全用青白两色……

与帝王陵寝用红墙黄瓦的不同。假如红墙黄瓦有富贵气,那青琉璃瓦的享堂,青琉璃瓦的碑亭却有名贵气。从陵门上享堂,白石台阶不知多少级,但爬得够累的;然而你远看,决想不到会有这么多的台阶儿。这是设计的妙处。德国波慈达姆无愁宫前的石阶,也同此妙。享堂进去也不小;可是远处看,简直小得可以,和那白石的飞阶不相称,一点儿压不住,仿佛高个儿戴着小尖帽。近处山角里一座阵亡将士纪念塔,粗粗的,矮矮的,正当着一个青青的小山峰,让两边儿的山紧紧抱着,静极,稳极。——谭墓没去过,听说颇有点丘壑。中央运动场也在中山陵近处,全仿外洋的样子。全国运动会时,也不知有多少照相与描写登在报上;现在是时髦的游泳的地方。

若要看旧书,可以上江苏省立图书馆去。这在汉西门龙蟠里,也是一个角落里。这原是江南图书馆,以丁丙的善本书室藏书为底子;词曲的书特别多。此外中央大学图书馆近年来也颇有不少书。中央大学是个散步的好地方。宽大,干净,有树木;黄昏时去兜一个或大或小的圈儿,最有意思。后面有个梅庵,是那会写字的清道人的遗迹。这里只是随宜地用树枝搭成的小小的屋子。庵前有一株六朝松,但据说实在是六朝桧;桧阴遮住了小院子,真是不染一尘。

南京茶馆里干丝很为人所称道。但这些人必没有到过镇江,扬州,那儿的干丝比南京细得多,又从来不那么甜。我倒是觉得芝麻烧饼好,一种长圆的,刚出炉,既香,且酥,又白,大概各茶馆都有。咸板鸭才是南京的名产,要热吃,也是香得好;肉要肥要厚,才有咬嚼。但南京人都说盐水鸭更好,大约取其嫩,其鲜;那是冷吃的,我可不知怎样,老觉得不大得劲儿。

潭柘寺　戒坛寺

早就知道潭柘寺，戒坛寺。在商务印书馆的《北平指南》上，见过潭柘的铜图，小小的一块，模模糊糊的，看了一点没有想去的意思。后来不断地听人说起这两座庙；有时候说路上不平静，有时候说路上红叶好。说红叶好的劝我秋天去，但也有人劝我夏天去。有一回骑驴上八大处，赶驴的问逛过潭柘没有，我说没有。他说潭柘风景好，那儿满是老道，他去过，离八大处七八十里地，坐轿骑驴都成。我不大喜欢老道的装束，尤其是那满蓄着的长头发，看上去啰里啰唆，龌里龌龊的。更不想骑驴走七八十里地，因为我知道驴子与我都受不了。真打动我的倒是"潭柘寺"这个名字。不懂不是？就是不懂的妙。躲懒的人念成"潭拓寺"，那更莫名其妙了。这怕是中国文法的花样；要是来个欧化，说是"潭和柘的寺"，那就用不着咀嚼或吟味了。还有在一部诗话里看见近人咏戒台松的七古，诗腾挪夭矫，想来松也如此。所以去。但是在夏秋之前的春天，而且是早春；北平的早春是没有花的。

这才认真打听去过的人。有的说住潭柘好，有的说住戒坛好。有的人说路太难走，走到了筋疲力尽，再没兴致玩儿；有人说走路有意思。又有人说，去时坐了轿子，半路上前后两个轿夫吵起来，把轿子搁下，直说不抬了。于是心中暗自决定，不坐轿，也不走路；取中道，骑驴子。又按普通说法，总是潭柘寺在前，戒坛寺在后，想着戒坛寺一定远些；于是决定住潭柘，因为一天回不来，必得住。门头沟下车时，想着人多，怕雇不着许多驴，但是并不然——雇驴的时候，才知道戒坛去便宜一半，那就是说近一半。这时候自己忽然逗起能来，要走路。走吧。

这一段路可够瞧的。像是河床，怎么也挑不出没有石子的地方，脚底下老是绊来绊去的，教人心烦。又没有树木，甚至于没有一根草。这一带原是煤窑，拉煤的大车往来不绝，尘土里饱和着煤屑，变成黯淡的深灰色，教人看了透不出气来。走一点钟光景，自己觉得已经有点办不了，怕没有走到便筋疲力尽；幸而山上下来一条驴，如获至宝似的雇下，骑上去。这一天东风特别大。平常骑驴就不稳，风一大真是祸不单行。山上东西都有路，很窄，下面是斜坡；本来从西边走，驴夫看风势太猛，将驴拉上东路。就这么着，有一回还几乎让风将驴吹倒；若走西边，没有准儿会驴我同归哪。想起从前人画风雪骑驴图，极是雅事；大概那不是上潭柘寺去的。驴背上照例该有些诗意，但是我，下有驴子，上有帽子眼镜，都要照管；又有迎风下泪的毛病，常要掏手巾擦干。当其时真恨不得生出第三只手来才好。

东边山峰渐起，风是过不来了；可是驴也骑不得了，说是坎儿多。坎儿可真多。这时候精神倒好起来了：崎岖的路正可以练腰脚，处处要眼到心到脚到，不像平地上。人多更有点竞赛的心理，总想走上最前头去，再则这儿的山势虽然说不上险，可是突兀，丑怪，巉刻的地方有的是。我们说这才有点儿山的意思；老像八大处那样，真教人气闷闷的。于是一直走到潭柘寺后门；这段坎儿路比风里走过的长一半，小驴毫无用处，驴夫说："咳，这不过给您做个伴儿！"

墙外先看见竹子，且不想进去。又密，又粗，虽然不够绿。北平看竹子，真不易。又想到八大处了，大悲庵殿前那一溜儿，薄得可怜，细得也可怜，比起这儿，真是小巫见大巫了。进去过一道角门，门旁突然亭亭地矗立着两竿粗竹子，在墙上紧紧地挨着；要用批文章的成语，这两竿竹子足称得起"天外飞来之笔"。

正殿屋角上两座琉璃瓦的鸱吻，在台阶下看，值得徘徊一下。神话说殿基本是青龙潭，一夕风雨，顿成平地，涌出两鸱吻。只可惜现在的两座太新鲜，与神话的朦胧幽秘的境界不相称。但是还值得看，为的是大得好，在太阳里嫩黄得好，闪亮得好；那拴着的四条黄铜链子也映衬得好。寺里殿很多，层层折折高上去，走起来已经不平凡，每殿大小又不一样，塑像摆设也各出心裁。看完了，还觉得无穷无尽似的。正殿下延清阁是待客的地方，远处群山像屏障似的。屋子结构甚巧，穿来穿去，不知有多少间，好像一所大宅子。可惜尘封不扫，我们住不着。话说回来，这种屋子原也不是预备给我们这么多人挤着住的。寺门前一道深沟，上有石桥；那时没有水，若是现在去，倚在桥上听潺潺的水声，倒也可以忘我忘世。过桥四株马尾松，枝枝覆盖，叶叶交通，另成一个境界。西边小山上有个古观音洞。洞无可看，但上去时在山坡上看潭柘的侧面，宛如仇十洲的《仙山楼阁图》；往下看是陡峭的沟岸，越显得深深无极，潭柘简直有海上蓬莱的意味了。寺以泉水著名，到处有石槽引水长流，倒也涓涓可爱。只是流觞亭雅得那样俗，在石地上楞刻着蚯蚓般的槽；那样流觞，怕只有孩子们愿意干。现在兰亭的"流觞曲水"也和这儿的一鼻孔出气，不过规模大些。晚上因为带的铺盖薄，冻得睁着眼，却听了一夜的泉声；心里想要不冻着，这泉声够多清雅啊！寺里并无一个老道，但那几个和尚，满身铜臭，满眼势利，教人老不能忘记，倒也麻烦的。

第二天清早，二十多人满雇了牲口，向戒坛而去，颇有浩浩荡荡之势。我的是一匹骡子，据说稳得多。这是第一回，高高兴兴骑上去。这一路要翻罗喉岭。只是土山，可是道儿窄，又曲折；虽不高，老那么凸凸凹凹的。许多处只容得一匹牲口过去。平心说，是险点儿。想起古来用兵，从间道袭敌人，许也是这种光景吧。

戒坛在半山上，山门是向东的。一进去就觉得平旷；南面只有一道低低的砖栏，下边是一片平原，平原尽处才是山，与众山屏蔽的潭柘气象便不同。进二门，更觉得空阔疏朗，仰看正殿前的平台，仿佛汪洋千顷。这平台东西很长，是戒坛最胜处，眼界最宽，教人想起"振衣千仞冈"的诗句。三株名松都在这里。"卧龙松"与"抱塔松"同是偃仆的姿势，身躯奇伟，鳞甲苍然，有飞动之意。"九龙松"老干槎桠，如张牙舞爪一般。若在月光底下，森森然的松影当更有可看。此地最宜低徊流连，不是匆匆一览所可领略。潭柘以层折胜，戒坛以开朗胜；但潭柘似乎更幽静些。戒坛的和尚，春风满面，却远胜于潭柘的；我们之中颇有悔不该住潭柘的。戒坛后山上也有个观音洞。洞宽大而深，大家点了火把嚷嚷闹闹地下去；半里光景的洞满是油烟，满是声音。洞里有石虎、石龟、上天梯、海眼等等，无非是凑凑人的热闹而已。

还是骑骡子。回到长辛店的时候，两条腿几乎不是我的了。

松堂游记

去年夏天,我们和 S 君夫妇在松堂住了三日。难得这三日的闲,我们约好了什么事不管,只玩儿,也带了两本书,却只是预备闲得真没办法时消消遣的。

出发的前夜,忽然雷雨大作。枕上颇为怅怅,难道天公这么不做美吗!第二天清早,一看却是个大晴天。上了车,一路树木带着宿雨,绿得发亮,地下只有一些水塘,没有一点尘土,行人也不多。又静,又干净。

想着到还早呢,过了红山头不远,车却停下了。两扇大红门紧闭着,门额是国立清华大学西山牧场。拍了一会门,没人出来,我们正在没奈何,一个过路的孩子说这门上了锁,得走旁门。旁门上挂着牌子,"内有恶犬"。小时候最怕狗,有点赵赵。门里有人出来,保护着进去,一面吆喝着汪汪的群犬,一面只是说,"不碍不碍"。

过了两道小门,真是豁然开朗,别有天地。一眼先是亭亭直上,又刚健又婀娜的白皮松。白皮松不算奇,多得好,你挤着我我挤着你也不算奇,疏得好,要像住宅的院子里,四角上各来上一棵,疏不是?谁爱看?

这儿就是院子大得好，就是四方八面都来得好。中间便是松堂，原是一座石亭子改造的，这座亭子高大轩敞，对得起那四围的松树，大理石柱，大理石栏杆，都还好好的，白，滑，冷。白皮松没有多少影子，堂中明窗净几，坐下来清清楚楚觉得自己真太小，在这样高的屋顶下。树影子少，可不热，廊下端详那些松树灵秀的姿态，洁白的皮肤，隐隐的一丝儿凉意便袭上心头。

堂后一座假山，石头并不好，堆叠得还不算傻瓜。里头藏着个小洞，有神龛、石桌、石凳之类。可是外边看，不仔细看不出。得费点心去发现。假山上满可以爬过去，不顶容易，也不顶难。后山有座无梁殿，红墙，各色琉璃砖瓦，屋脊上三个瓶子，太阳里古艳照人。殿在半山，岿然独立，有俯视八极气象。天坛的无梁殿太小，南京灵谷寺的太黯淡，又都在平地上。山上还残留着些旧碉堡，是乾隆打金川时在西山练健锐云梯营用的，在阴雨天或斜阳中看最有味。又有座白玉石牌坊，和碧云寺塔院前那一座一般，不知怎样，前年春天倒下了，看着怪不好过的。

可惜我们来的还不是时候，晚饭后在廊下黑暗里等月亮，月亮老不上，我们什么都谈，又赌背诗词，有时也沉默一会儿。黑暗也有黑暗的好处，松树的长影子阴森森的有点像鬼物拿土。但是这么看的话，松堂的院子还差得远，白皮松也太秀气，我想起郭沫若君《夜步十里松原》那首诗，那才够阴森森的味儿——而且得独自一个人。好了，月亮上来了，却又让云遮去了一半，老远的躲在树缝里，像个乡下姑娘，羞答答的。从前人说："千呼万唤始出来，犹抱琵琶半遮面。"真有点儿！云越来越厚，由他罢，懒得去管了。可是想，若是一个秋夜，刮点西风也好。虽不是真松树，但那奔腾澎湃的"涛"声也该得听吧。

西风自然是不会来的。临睡时，我们在堂中点上了两三支洋蜡。怯怯的焰子让大屋顶压着,喘不出气来。我们隔着烛光彼此相看,也像蒙着一层烟雾。外面是连天漫地一片黑,海似的。只有远近几声犬吠,教我们知道还在人间世里。

房东太太

歇卜士太太（Mrs. Hibbs）没有来过中国，也并不怎样喜欢中国，可是我们看，她有中国那老味儿。她说人家笑她母女是维多利亚时代的人，那是老古板的意思；但她承认她们是的，她不在乎这个。

真的，圣诞节下午到了她那间黯淡的饭厅里，那家具，那人物，那谈话，都是古气盎然，不像在现代。这时候她还住在伦敦北郊芬乞来路（Finchley Road）。那是一条阔人家的路；可是她的房子已经抵押满期，经理人已经在她门口路边上立了一座木牌，标价招买，不过半年多还没人过问罢了。那座木牌，和篮球架子差不多大，只是低些；一走到门前，准看见。晚餐桌上，听见厨房里尖叫了一声，她忙去看了，回来说，火鸡烤枯了一点，可惜，二十二磅重，还是卖了几件家具买的呢。她可惜的是火鸡，倒不是家具；但我们一点没吃着那烤枯了的地方。

她爱说话，也会说话，一开口滔滔不绝；押房子、卖家具等等，都会告诉你。但是只高高兴兴地告诉你，至少也平平淡淡地告诉你，决不垂头丧气，决不唉声叹气。她说话是个趣味，我们听话也是个趣味（在她的话里,她死了的丈夫和儿子都是活的,她的一些住客也是活的);所以后来虽然听了四个多月,倒并不觉得厌倦。有一回早餐时候,她说有一首诗,忘记是谁的,可以做她的墓铭,诗云:

> 这儿一个可怜的女人,
> 她在世永没有住过嘴。
> 上帝说她会复活,
> 我们希望她永不会。

其实我们倒是希望她会的。

道地的贤妻良母,她是;这里可以看见中国那老味儿。她原是个阔小姐,从小送到比利时受教育,学法文,学钢琴。钢琴大约还熟,法文可生疏了。她说街上如有法国人向她问话,她想起答话的时候,那人怕已经拐了弯儿了。结婚时得着她姑母一大笔遗产;靠着这笔遗产,她支持了这个家庭二十多年。歇卜士先生在剑桥大学毕业,一心想做诗人,成天住在云里雾里。他二十年只在家里待着,偶然教几个学生。他的诗送到剑桥的刊物上去,原稿却寄回了,附着一封客气的信。他又自己花钱印了一小本诗集,封面上注明,希望出版家采纳印行,但是并没有什么回响。太太常劝先生删诗行,譬如说,四行中可以删去三行罢;但是他不肯割爱,于是乎只好敝帚自珍了。

歇卜士先生却会说好几国话。大战后太太带了先生小姐,还有一个朋友去逛意大利;住旅馆雇船等等,全交给诗人的先生办,因为他会说意大利话。幸而没出错儿。临上火车,到了站台上,他却不见了。眼见车就要开了,太太这一急非同小可,又不会说给别人,只好教小姐去张看，却不许她远走。好容易先生钻出来了，从从容容的，原来他上"更衣室"来着。

太太最伤心她的儿子。他也是大学生，长得一表人才。大战时去从军；训练的时候偶然回家，非常爱惜那庄严的制服，从不教它有一个褶儿。大战快完的时候，却来了恶消息，他尽了他的职务了。太太最伤心的是这个时候的这种消息；她在举世庆祝休战声中，迷迷糊糊过了好些日子。后来逛意大利，便是解闷儿去的。她那时甚至于该领的恤金，无心也不忍去领——等到限期已过，即使要领，可也不成了。

小姐现在是她唯一的亲人；她就为这个女孩子活着。早晨一块儿拾掇拾掇屋子，吃完了早饭，一块儿上街散步，回来便坐在饭厅里，说说话，看看通俗小说，就过了一天。晚上睡在一屋里。一星期也同出去看一两回电影。小姐大约有二十四五了，高个儿，总在五英尺十寸左右；蟹壳脸，露牙齿，脸上倒是和和气气的。爱笑，说话也天真得像个十二三岁小姑娘。先生死后，他的学生爱利斯（Ellis）很爱歇卜士太太，几次想和她结婚，她不肯。爱利斯是个传记家，有点小名气。那回诗人德拉梅在伦敦大学院讲文学的创造，曾经提到他的书。他很高兴，在歇卜士太太晚餐桌上特意说起这个。但是太太说他的书干燥无味，他送来，她们只翻了三五页就搁在一边儿了。她说最恨猫怕狗，连书上印的狗都怕，爱利斯却养着一大堆。她女儿最爱电影，爱利斯却瞧不起电影。她的不嫁，怎么穷也不嫁，一半为了女儿。

这房子招徕住客，远在歇卜士先生在世时候。那时只收一个人，每日供早晚两餐，连宿费每星期五镑钱，合八九十元，够贵的。广告登出了，第一个来的是日本人，他们答应下了。第二天又来了个西班牙人，却只好谢绝了。从此住这所房的总是日本人多；先生死了，住客多了，后来竟有"日本房"的名字。这些日本人有一两个在外边有女人,有一个还让女人骗了,他们都回来在饭桌上报告,太太也同情地听着。有一回,一个人忽然在饭桌上谈论自由恋爱,而且似乎是冲着小姐说的。这一来太太可动了气。饭后就告诉那个人,请他另外找房住。这个人走了,可是日本人有个俱乐部,他大约在俱乐部里报告了些什么,以后日本人来住的便越过越少了。房间老是空着,太太的积蓄早完了;还只能在房子上打主意,这才抵押了出去。那时自然盼望赎回来,可是日子一天一天过去,情形并不见好。房子终于标卖,而且圣诞节后不久,便卖给一个犹太人了。她想着年头不景气,房子且没人要呢,哪知犹太人到底有钱,竟要了去,经理人限期让房。快到期了,她直说来不及。经理人又向法院告诉,法院出传票教她去。她去了,女儿搀扶着;她从来没上过堂,法官说欠钱不让房,是要坐牢的。她又气又怕,几乎昏倒在堂上;结果只得答应了加紧找房。这种种也都是为了女儿,她可一点儿不悔。

她家里先后也住过一个意大利人,一个西班牙人,都和小姐做过爱;那西班牙人并且和小姐定过婚,后来不知怎样解了约。小姐倒还惦着他,说是"身架真好看!"太太却说:"那是个坏家伙!"后来似乎还有个"坏家伙",那是太太搬到金树台的房子里才来住的。他是英国人,叫凯德,四十多了。先是做公司兜售员,沿门兜售电气扫除器为生。有一天撞到太太旧宅里去了,他要表演扫除器给太太看,太太拦住他,说不必,她没有钱;她正要卖一批家具,老卖不出去,烦着呢。凯德说可以介绍一家公司来买;那一晚太太很高兴,想着他定是个大学毕业生。没两天,果然介绍了一家公司,将家具买去了。他本来住在他姊姊家,却搬到太太家来了。他没有薪水,全靠兜售的佣金;而电气扫除器那东西价钱很大,不容易脱手,所以便干搁起来了。这个人只是个买卖人,不是大学毕业生。

大约穷了不止一天，他有个太太，在法国给人家看孩子，没钱，接不回来；住在姊姊家，也因为穷，让人家给请出来了。搬到金树台来，起初整付了一回房饭钱，后来便零碎地半欠半付，后来索性付不出了。不但不付钱，有时连午饭也要叨光。如是者两个多月，太太只得将他赶了出去。回国后接着太太的信，才知道小姐却有点喜欢凯德这个"坏蛋"，大约还跟他来往着。太太最提心这件事，小姐是她的命，她的命决不能交在一个"坏蛋"手里。

小姐在芬乞来路时，教着一个日本太太英文。那时这位日本太太似乎非常关心歇卜士家住着的日本先生们，老是问这个问那个的；见了他们，也很亲热似的。歇卜士太太瞧着不大顺眼，她想着这女人有点儿轻狂。凯德的外甥女有一回来了，一个摩登少女。她照例将手绢掖在袜带子上，拿出来用时，让太太看在眼里。后来背地里议论道："这多不雅相！"太太在小事情上是很敏锐的。有一晚那爱尔兰女仆端菜到饭厅，没有戴白帽檐儿。太太很不高兴，告诉我们，这个侮辱了主人，也侮辱了客人。但那女仆是个"社会主义"的贪婪的人，也许匆忙中没想起戴帽檐儿；压根儿她怕就觉得戴不戴都是无所谓的。记得那回这女仆带了男朋友到金树台来，是个失业的工人。当时刚搬了家，好些零碎事正得一个人。太太便让这工人帮帮忙，每天给点钱。这原是一举两得，各相情愿的。不料女仆却当面说太太揩了穷小子的油。太太听说，简直有点莫名其妙。

太太不上教堂去，可是迷信。她虽是新教徒，可是有一回丢了东西，却照人家传给的法子，在家点上一支蜡，一条腿跪着，口诵安东尼圣名，说是这么着东西就出来了。拜圣者是旧教的花样，她却不管。每回做梦，早餐时总翻翻占梦书。她有三本占梦书；有时她笑自己：三本书说的都不一样，甚至还相反呢。喝碗茶，碗里的茶叶，她也爱看；看像什么字头，便知是姓什么的来了。她并不盼望访客，她是在盼望住客啊。到金树台时，前任房东太太介绍一位英国住客继续住下。但这位半老的住客却嫌客人太少，女客更少，又嫌饭桌上没有笑，没有笑话；只看歇卜士太太的独角戏，老母亲似的唠唠叨叨，总是那一套。他终于托故走了，搬到别处去了。我们不久也离开英国，房子于是乎空空的。去年接到歇卜士太太来信，她和女儿已经做了人家管家老妈了；"维多利亚时代"的上流妇人，这世界已经不是她的了。

巴　黎

塞纳河穿过巴黎城中，像一道圆弧。河南称为左岸，著名的拉丁区就在这里。河北称为右岸，地方有左岸两个大，巴黎的繁华全在这一带；说巴黎是"花都"，这一溜儿才真是的。右岸不是穷学生苦学生所能常去的，所以有一位中国朋友说他是左岸的人，抱"不过河"主义；区区一衣带水，却分开了两般人。但论到艺术，两岸可是各有胜场；我们不妨说整个儿巴黎是一座艺术城。从前人说"六朝"卖菜佣都有烟水气，巴黎人谁身上大概都长着一两根雅骨吧。你瞧公园里，大街上，有的是喷水，有的是雕像，博物院处处是，展览会常常开；他们几乎像呼吸空气一样呼吸着艺术气，自然而然就雅起来了。

右岸的中心是刚果方场。这方场很宽阔，四通八达，周围都是名胜。中间巍巍地矗立着埃及拉米塞司第二的纪功碑。碑是方锥形，高七十六英尺，上面刻着象形文字。一八三六年移到这里，转眼就是一百年了。左右各有一座铜喷水，大得很。水池边环列着些铜雕像，代表着法国各大城。其中有一座代表司太司堡。自从一八七零年那地方割归德国以后，法国人每年七月十四国庆日总在像上放些花圈和大草叶，终年地搁着让人惊醒。直到一九一八年十一月和约告成，司太司堡重归法国，这才停止。纪功碑与喷水每星期六晚用弧光灯照耀。那碑像从幽暗中颖脱而出；那水像山上崩腾下来的雪。这场子原是法国革命时候断头台的旧址。在"恐怖时代"，路易十六与王后，还有各党各派的人轮班在这儿低头受戮。但现在一点痕迹也没有了。

场东是砖厂花园。也有一个喷水池；白石雕像成行，与一丛丛绿树掩映着。在这里徘徊，可以一直徘徊下去，四围那些纷纷的车马，简直若有若无。花园是所谓法国式，将花草分成一畦畦的，各各排成精巧的花纹，互相对称着。又整洁，又玲珑，教人看着赏心悦目；可是没有野情，也没有蓬勃之气，像北平的叭儿狗。这里春天游人最多，挤挤挨挨的。有时有音乐会，在绿树荫中。乐韵悠扬，随风飘到场中每一个人的耳朵里。再东是加罗塞方场，只隔着一道不宽的马路。路易十四时代，这是一个校场。场中有一座小凯旋门，是拿破仑造来纪胜的，仿罗马某一座门的式样。拿破仑叫将从威尼斯圣马克堂抢来的驷马铜像安在门顶上。但到了一八一四年，那铜像终于回了老家。法国只好换上一个新的，光彩自然差得多。

刚果方场西是大名鼎鼎的仙街，直达凯旋门。有四里半长。凯旋门地势高，从刚果方场望过去像没多远似的，一走可就知道。街的东半截儿，两旁简直是园子，春天绿叶子密密地遮着；西半截儿才真是街。街道非常宽敞。夹道两行树，笔直笔直地向凯旋门奔凑上去。凯旋门巍峨爽朗地盘踞在街尽头，好像在半天上。欧洲名都街道的形势，怕再没有赶上这儿的；称为"仙街"，不算说大话。街上有戏院，舞场，饭店，够游客们玩儿乐的。凯旋门一八零六年开工，也是拿破仑造来纪功的。

但他并没有看它的完成。门高一百六十英尺,宽一百六十四英尺,进身七十二英尺,是世界凯旋门中最大的。门上雕刻着一七九二至一八一五年间法国战事片段的景子,都出于名手。其中罗特(Burguudian Rude,十九世纪)的"出师"一景,慷慨激昂,至今还可以作我们的气。这座门更有一个特别的地方:在拿破仑周忌那一天,从仙街向上看,团团的落日恰好扣在门圈儿里。门圈儿底下是一个无名兵士的墓;他埋在这里,代表大战中死难的一百五十万法国兵。墓是平的,地上嵌着文字;中央有个纪念火,焰子粗粗的,红红的,在风里摇晃着。这个火每天由参战军人团团员来点。门顶可以上去,乘电梯或爬石梯都成;石梯是二百七十三级。上面看,周围不下十二条林荫路,都辐辏到门下,宛然一个大车轮子。

刚果方场东北有四道大街衔接着,是巴黎最繁华的地方。大铺子差不多都在这一带,珠宝市也在这儿。各店家陈列窗里五花八门,五光十色,珍奇精巧,兼而有之;管保你走一天两天看不完,也看不倦。步道上人挨挨凑凑,常要躲闪着过去。电灯一亮,更不容易走。街上"咖啡"东一处西一处的,沿街安着座儿,有点儿像北平中山公园里的茶座儿。客人慢慢地喝着咖啡或别的,慢慢地抽烟,看来往的人。"咖啡"本是法国的玩意儿;巴黎差不多每道街都有,怕是比哪儿都多。巴黎人喝咖啡几乎成了癖,就像我国南方人爱上茶馆。"咖啡"里往往备有纸笔,许多人都在那儿写信;还有人让"咖啡"收信,简直当做自己的家。文人画家更爱坐"咖啡";他们爱的是无拘无束,容易会朋友,高谈阔论。爱写信固然可以写信,爱做诗也可以做诗。大诗人魏尔仑(Verlaine)的诗,据说少有不在"咖啡"里写的。坐"咖啡"也有派别。一来"咖啡"是熟的好,二来人是熟的好。久而久之,某派人坐某"咖啡"便成了自然之势。这所谓派，当然指文人艺术家而言。一个人独自去坐"咖啡"，偶尔一回，也许不是没有意思，常去却未免寂寞得慌；这也与我国南方人上茶馆一样。若是外国人而又不懂话，那就更可不必去。巴黎最大的"咖啡"有三个，却都在左岸。这三座"咖啡"名字里都含着"圆圆的"意思，都是文人艺术家荟萃的地方。里面装饰满是新派。其中一家，电灯壁画满是立体派，据说这些画全出于名家之手。另一家据说时常陈列着当代画家的作品，待善价而沽之。坐"咖啡"之外还有站"咖啡"，却有点像我国南方的喝柜台酒。这种"咖啡"大概小些。柜台长长的，客人围着要吃的喝的。吃喝都便宜些，为的是不用多伺候你，你吃喝也比较不舒服些。站"咖啡"的人脸向里，没有甚么看的，大概吃喝完了就走。但也有人用胳膊肘儿斜靠在柜台上，半边身子偏向外，写意地眺望，谈天儿。巴黎人吃早点，多半在"咖啡"里。普通是一杯咖啡，两三个月芽饼就够了，不像英国人吃得那么多。月芽饼是一种面包，月芽形，酥而软，趁热吃最香；法国人本会烘面包，这一种不但好吃，而且好看。

卢森堡花园也在左岸，因卢森堡宫而得名。宫建于十七世纪初年，曾用作监狱，现在是上议院。花园甚大，里面有两座大喷水，背对背紧挨着。其一是梅迭契喷水，雕刻的是亚西司（Acis）与加拉台亚（Galatea）的故事。巨人波力非摩司（Polyphamos）爱加拉台亚。他晓得她喜欢亚西司，便向他头上扔下一块大石头，将他打死。加拉台亚无法使亚西司复活，只将他变成一道河水。这个故事用在一座喷水上，倒有些远意。园中绿树成行，浓荫满地，白石雕像极多，也有铜的。巴黎的雕像真如家常便饭。花园南头，自成一局，是一条荫道。最南头，天文台前面又是一座喷水，中央四个力士高高地扛着四限仪，下边环绕着四对奔马,气象雄伟得很。这是卡波(Carpeaus,十九世纪)所作。卡波与罗特同为写实派,所作以形线柔美著。

沿着塞纳河南的河墙,一带旧书摊儿,六七里长,也是左岸特有的风光。有点像北平东安市场里旧书摊儿。可是背景太好了。河水终日悠悠地流着,两头一眼望不尽;左边卢佛宫,右边圣母堂,古香古色的。书摊儿黯黯的,低低的,窄窄的一溜;一小格儿一小格儿,或连或断,可没有东安市场里的大。摊上放着些破书;旁边小凳子上坐着掌柜的。到时候将摊儿盖上,锁上小铁锁就走。这些情形也活像东安市场。

铁塔在巴黎西头,塞纳河东岸,高约一千英尺,算是世界上最高的塔。工程艰难浩大,建筑师名爱非尔(Eiffel),也称为爱非尔塔。全塔用铁骨造成,如网状,空处多于实处,轻便灵巧,亭亭直上,颇有戈昔式的余风。塔基占地十七亩,分三层。头层离地一百八十六英尺,二层三百七十七英尺,三层九百二十四英尺,连顶九百八十四英尺。头二层有"咖啡",酒馆及小摊儿等。电梯步梯都有,电梯分上下两厢,一厢载直上直下的客人,一厢载在头层停留的客人。最上层却非用电梯不可。那梯口常常拥挤不堪。壁上贴着"小心扒手"的标语,收票人等嘴里还不住地唱道,"小心呀!"这一段儿走得可慢极,大约也是"小心"吧。最上层只有卖纪念品的摊儿和一些问心机。这种问心机欧洲各游戏场中常见;是些小铁箱,一箱管一事。放一个钱进去,便可得到回答;回答若干条是印好的,指针所停止的地方就是专答你。也有用电话回答的。譬如你要问流年,便向流年箱内投进钱去。这实在是一种开心的玩意儿。这层还专设一信箱,寄的信上盖铁塔形邮戳,好让亲友们留作纪念。塔上最宜远望,全巴黎都在眼下。但尽是密匝匝的房子,只觉应接不暇而无苍茫之感。塔上满缀着电灯,晚上便是种种广告;在暗夜里这种明妆倒值得一番领略。隔河是特罗卡代罗（Trocadéro）大厦，有道桥笔直地通着。这所大厦是为一八七八年的博览会造的。中央圆形，圆窗圆顶，两支高高的尖塔分列顶侧；左右翼是新月形的长房。下面许多级台阶，阶下一个大喷水池，也是圆的。大厦前是公园，铁塔下也是的；一片空阔，一片绿。所以大厦远看近看都显出雄巍巍的。大厦的正厅可容五千人。它的大在横里；铁塔的大在直里。一横一直，恰好称得住。

歌剧院在右岸的闹市中。门墙是威尼斯式，已经乌暗暗的，走近前细看，才见出上面精美的雕饰。下层一排七座门，门间都安着些小雕像。其中罗特的《舞群》，最有血有肉，有情有力。罗特是写实派作家，所以如此。但因为太生动了，当时有些人还见不惯；一八六九年这些雕像揭幕的时候，一个宗教狂的人，趁夜里悄悄地向这群像上倒了一瓶墨水。这件事传开了，然而罗特却因此成了一派。院里的楼梯以宏丽著名。全用大理石，又白，又滑，又宽；栏杆是低低儿的。加上罗马式圆拱门，一对对爱翁匿克式石柱，雕像上的电灯烛，真是堆花簇锦一般。那一片电灯光像海，又像月，照着你缓缓走上梯去。幕间休息的时候，大家都离开座儿各处走。这儿休息的时间特别长，法国人乐意趁这闲工夫在剧院里散散步，谈谈话，来一点吃的喝的。休息室里散步的人最多。这是一间顶长顶高的大厅，华丽的灯光淡淡地布满了一屋子。一边是成排的落地长窗，一边是几座高大的门；墙上略略有些装饰，地下铺着毯子。屋里空落落的，客人穿梭般来往。太太小姐们大多穿着各色各样的晚服，露着脖子和膀子。"衣香鬓影"，这里才真够味儿。歌剧院是国家的，只演古典的歌剧，间或也演队舞（Ballet），总是堂皇富丽的玩艺儿。

国葬院在左岸。原是巴黎护城神圣也奈韦夫（St. Geneviéve）的教堂；大革命后，一般思想崇拜神圣不如崇拜伟人了，于是改为这个；后来又改回去两次,一八五五年才算定了。伏尔泰,卢梭,雨果,左拉,都葬在这里。院中很为宽宏,高大的圆拱门,架着些圆顶,都是罗马式。顶上都有装饰的图案和画。中央的穹隆顶高二百七十二英尺,可以上去。院中壁上画着法国与巴黎的历史故事,名笔颇多。沙畹(Puvis de Chavannes,十九世纪)的便不少。其中《圣也奈韦夫俯视着巴黎城》一幅,正是月圆人静的深夜,圣还独对着油盏火;她似乎有些倦了,慢慢踱出来,凭栏远望,全巴黎城在她保护之下安睡了;瞧她那慈祥和蔼一往情深的样子。圣也奈韦夫于五世纪初年,生在离巴黎二十四里的囊台儿村(Nanterre)里。幼时听圣也曼讲道,深为感悟。圣也曼也说她根器好,着实勉励了一番。后来她到巴黎,尽力于救济事业。五世纪中叶,匈奴将来侵巴黎,全城震惊。她力劝人民镇静,依赖神明,颇能教人相信。匈奴到底也没来成。以后巴黎真经兵乱,她于救济事业加倍努力。她活了九十岁。晚年倡议在巴黎给圣彼得与圣保罗修一座教堂。动工的第二年,她就死了。等教堂落成,却发现她已葬在里头;此外还有许多奇异的传说。因此这座教堂只好作为奉祀她的了。这座教堂便是现在的国葬院。院的门墙是希腊式,三角楣下,一排哥林斯式的石柱。院旁有圣爱的昂堂,不大。现在是圣也奈韦夫埋灰之所。祭坛前的石刻花屏极华美,是十六世纪的东西。

左岸还有伤兵养老院。其中兵甲馆,收藏废弃的武器及战利品。有一间满悬着三色旗,屋顶上正悬着,两壁上斜插着,一面挨一面的。屋子很长,一进去但觉千层百层鲜明的彩色,静静地交映着。院有穹隆顶,高三百四十英尺,直径八十六英尺,造于十七世纪中,优美庄严,胜于国葬院的。顶下原是一个教堂,拿破仑墓就在这里。堂外有宽大的台阶儿,有多力克式与哥林斯式石柱。进门最叫你舒服的是那屋里的光。那是从染色玻璃窗射下来的淡淡的金光,软得像一股水。堂中央一个窖,圆的,深二十英尺,直径三十六英尺,花岗石柩居中,十二座雕像环绕着,代表拿破仑重要的战功;像间分六列插着五十四面旗子,是他的战利品。堂正面是祭坛;周围许多龛堂,埋着王公贵人。一律圆拱门;地上嵌花纹,窖中也这样。拿破仑死在圣海仑岛,遗嘱愿望将骨灰安顿在塞纳河旁,他所深爱的法国人民中间。待他死后十九年,一八四〇,这愿望才达到了。

塞纳河里有两个小洲,小到不容易觉出。西头的叫城洲,洲上两所教堂是巴黎的名迹。洲东的圣母堂更为煊赫。堂成于十二世纪,中间经过许多变迁,到十九世纪中叶重修,才有现在的样子。这是"装饰的戈昔式"建筑的最好的代表。正面朝西,分三层。下层三座尖拱门。这种门很深,门圈儿是一棱套着一棱的,越望里越小;棱间与门上雕着许多大像小像,都是《圣经》中的人物。中层是窗子,两边的尖拱形,分雕着亚当夏娃像;中央的浑圆形,雕着"圣处女"像。上层是栏杆。最上两座钟楼,各高二百二十七英尺;两楼间露出后面尖塔的尖儿,一个伶俐瘦劲的身影。这座塔是勒丢克(Viellet ie Duc,十九世纪)所造,比钟楼还高五十八英尺;但从正面看,像一般高似的,这正是建筑师的妙用。朝南还有一个旁门,雕饰也繁密得很。从背后看,左右两排支墙(Buttress)像一对对的翅膀,作飞起的势子。支墙上虽也有些装饰,却不为装饰而有。原来戈昔式的房子高,窗子大,墙的力量支不住那些石头的拱顶,因此非从墙外想法不可。支墙便是这样来的。这是戈昔式的致命伤;许多戈昔式建筑容易圮毁,正是为此。堂里满是彩绘的高玻璃窗子,阴森森的,只看见石柱子,尖拱门,肋骨似的屋顶。中间神堂,两边四排廊路，周围三十七间龛堂，像另自成个世界。堂中的讲坛与管风琴都是名手所作。歌队座与牧师座上的动植物木刻，也以精工著。戈昔式教堂里雕绘最繁；其中取材于教堂所在地的花果的尤多。所雕绘的大抵以近真为主。这种一半为装饰，一半也为教导，让那些不识字的人多知道些事物，作用和百科全书差不多。堂中有宝库，收藏历来珍贵的东西，如金龛，金十字架之类，灿烂耀眼。拿破仑于一八〇四年在这儿加冕，那时穿的长袍也陈列在这个库里。北钟楼许人上去，可以看见墙角上石刻的妖兽，奇丑怕人，俯视着下方，据说是吐溜水的。雨果写过《巴黎圣母堂》一部小说，所叙是四百年前的情形，有些还和现在一样。

圣龛堂在洲西头，是全巴黎戈昔式建筑中之最美丽者。罗斯金更说是"北欧洲最珍贵的一所戈昔式"。在一二三八那一年，"圣路易"王听说君士坦丁皇帝包尔温将"棘冠"押给威尼斯商人，无力取赎，"棘冠"已归商人们所有，急得什么似的。他要将这件无价之宝收回，便异想天开地在犹太人身上加了一种"苛捐杂税"。过了一年，"棘冠"果然弄回来，还得了些别的小宝贝，如"真十字架"的片段等等。他这一乐非同小可，命令某建筑师造一所教堂供奉这些宝物；要造得好，配得上。一二四五年起手，三年落成。名建筑家勒丢克说："这所教堂内容如此复杂，花样如此繁多，活儿如此利落，材料如此美丽，真想不出在那样短的时期里如何成功的。"这样两个龛堂，一上一下，都是金碧辉煌的。下堂尖拱重叠，纵横交互；中央拱低而阔，所以地方并不大而极有开朗之势。堂中原供的"圣处女"像，传说灵迹甚多。上堂却高多了，有彩绘的玻璃窗子十五堵；窗下沿墙有龛，低得可怜相。柱上相间地安着十二使徒像；有两尊很古老，别的都是近世仿作。玻璃绘画似乎与戈昔艺术分不开；十三世纪后者最盛，前者也最盛。画法用许多颜色玻璃拼合而成，相连处以铅焊之，再用铁条夹住。著色有浓淡之别。淡色所以使日光柔和飘渺。但浓色的多，大概用深蓝作地子，加上点儿黄白与宝石红，取其衬托鲜明。这种窗子也兼有装饰与教导的好处；所画或为几何图案，或为人物故事。还有一堵"玫瑰窗"，是象征"圣处女"的；画是圆形，花纹都从中心分出。据说这堵窗是玫瑰窗中最亲切有味的，因为它的温暖的颜色比别的更接近看的人。但这种感想东方人不会有。这龛堂有一座金色的尖塔，是勒丢克造的。

毛得林堂在刚果方场之东北，造于近代。形式仿希腊神庙，四面五十二根哥林斯式石柱，围成一个廊子。壁上左右各有一排大龛子，安着群圣的像。堂里也是一行行同式的石柱；却使用各种颜色的大理石，华丽悦目。圣心院在巴黎市外东北方，也是近代造的，至今还未完成。堂在一座小山的顶上，山脚下有两道飞阶直通上去。也通索子铁路。堂的规模极宏伟，有四个穹隆顶，一个大的，带三个小的，都是卑赞廷式；另外一座方形高钟楼，里面的钟重二万零九十斤。堂里能容八千人，但还没有加以装饰。房子是白色，台阶也是的，一种单纯的力量压得住人。堂高而大，巴黎周围若干里外便可看见。站在堂前的平场里，或爬上穹隆顶里，也可看个五六十里。造堂时工程浩大，单是打地基一项，就花掉约四百万元；因为土太松了，撑不住，根基要一直打到山脚下。所以有人半真半假地说，就是移了山，这教堂也不会倒的。

巴黎博物院之多，真可算甲于世界。就这一桩儿，便可教你流连忘返。但须徘徊玩索才有味，走马看花是不成的。一个行色匆匆的游客，在这种地方往往无可奈何。博物院以卢佛宫（Louvre）为最大；这是就全世界论，不单就巴黎论。卢佛宫在加罗塞方场之东；主要的建筑是口字形,南头向西伸出一长条儿。这里本是一座堡垒,后来改为王宫。大革命后,各处王宫里的画,宫苑里的雕刻,都保存在此;改为故宫博物院,自然是很顺当的。博物院成立后,历来的政府都尽力搜罗好东西放进去;拿破仑从各国"搬"来大宗的画,更为博物院生色不少。宫房占地极宽,站在那方院子里,颇有海阔天空的意味。院子里养着些鸽子,成群地孤单地仰着头挺着胸在地上一步步地走,一点不怕人。撒些饼干面包之类,它们便都向你身边来。房子造得秀雅而庄严,壁上安着许多王公的雕像。熟悉法国历史的人,到此一定会发思古之幽情的。

卢佛宫好像一座宝山,蕴藏的东西实在太多,教人不知从哪儿说起好。画为最,还有雕刻,古物,装饰美术等等,真是琳琅满目。乍进去的人一时摸不着头脑,往往弄得糊里糊涂。就中最脍炙人口的有三件。一是达文齐的《摩那丽沙》像,大约作于一五〇五年前后,是觉孔达(Joconda)夫人的画像。相传达文齐这幅像画了四个年头,因为要那甜美的微笑的样子,每回"临像"的时候,总请些乐人弹唱给她听,让她高高兴兴坐着。像画好了,他却爱上她了。这幅画是佛兰西司第一手里买的,他没有准儿许认识那女人。一九一一年画曾被人偷走,但两年之后,到底从意大利找回来了。十六世纪中叶,意大利已公认此画为不可有二的画像杰作,作者在与造化争巧。画的奇处就在那一丝儿微笑上。那微笑太飘忽了,太难捉摸了,好像常常在变幻。这果然是个"奇迹",不过也只是造形的"奇迹"罢了。这儿也有些理想在内;达文齐笔下夹带了一些他心目中的圣母的神气。近世讨论那微笑的可太多了。诗人,哲学家,有的是;他们都想找出点儿意义来。于是摩那丽沙成为一个神秘的浪漫的人了;她那微笑成为"人狮(Sphinx)的凝视"或"鄙薄的讽笑"了。这大概是她与达文齐都梦想不到的吧。

二是米罗（Milo）《爱神》像。一八二〇年米罗岛一个农人发见这座像，卖给法国政府只卖了五千块钱。据近代考古家研究，这座像当作于纪元前一百年左右。那两只胳膊都没有了；它们是怎么个安法，却大大费了一班考古家的心思。这座像不但有生动的形态，而且有温暖的骨肉。她又强壮，又清明；单纯而伟大，朴真而不奇。所谓清明，是身心都健的表象，与麻木不同。这种作风颇与纪元前五世纪希腊巴昔农（Panthenon）庙的监造人，雕刻家费铁亚司（Phidias）相近。因此法国学者雷那西（S. Reinach，新近去世）在他的名著《亚波罗》（美术史）中相信这座像作于纪元前四世纪中。他并且相信这座像不是爱神微那司而是海女神安非特利特（Amphitrite）；因为它没有细腻，飘渺，娇羞，多情的样子。三是沙摩司雷司（Samothrace）的《胜利女神像》。女神站在冲波而进的船头上，吹着一支喇叭。但是现在头和手都没有了，剩下翅膀与身子。这座像是还愿的。纪元前三〇六年波立尔塞特司（Demetrius Poliorcetes）在塞勒勒司（Cyprus）岛打败了埃及大将陶来买（Ptolemy）的水师，便在沙摩司雷司岛造了这座像。衣裳雕得最好；那是一件薄薄的软软的衣裳，光影的准确，衣褶的精细流动；加上那下半截儿被风吹得好像弗弗有声，上半截儿却紧紧地贴着身子，很有趣地对照着。因为衣裳雕得好，才显出那筋肉的力量；那身子在摇晃着，在挺进着，一团胜利的喜悦的劲儿。还有，海风呼呼地吹着，船尖儿嗤嗤地响着，将一片碧波分成两条长长的白道儿。

卢森堡博物院专藏近代艺术家的作品。他们或新故，或还生存。这里比卢佛宫明亮得多。进门去，宽大的甬道两旁，满陈列着雕像等；里面却多是画。雕刻里有彭彭（Pompon）的《狗熊》与《水禽》等，真是大巧若拙。彭彭现在大概有七八十岁了，天天上动物园去静观禽兽的形态。他熟悉它们，也亲爱它们，所以做出来的东西神气活现；可是形体并不像照相一样地真切，他在天然的曲线里加上些小小的棱角，便带着点"建筑"的味儿。于是我们才看见新东西。那《狗熊》和实物差不多大，是石头的；那《水禽》等却小得可以供在案头，是铜的。雕像本有两种手法，一是干脆地砍石头，二是先用泥塑，再浇铜。彭彭从小是石匠，石头到他手里就像豆腐。他是巧匠而兼艺术家。动物雕像盛于十九世纪的法国；那时候动物园发达起来，供给艺术家观察，研究，描摹的机会。动物素描之成为画的一支，也从这时候起。院里的画受后期印象派的影响，找寻人物的"本色"（local colour），大抵是鲜明的调子。不注重画面的"体积"而注重装饰的效用。也有细心分别光影的，但用意还在找寻颜色，与印象派之只重光影不一样。

　　砖场花园的南犄角上有网球场博物院，陈列外国近代的画与雕像。北犄角上有奥兰纪利博物院，陈列的东西颇杂，有马奈（Manet，十九世纪法国印象派画家）的画与日本的浮世绘等。浮世绘的著色与构图给十九世纪后半法国画家极深的影响。摩奈（Monet）画院也在这里。他也是法国印象派巨子，一九二六年才过去。印象派兴于十九世纪中叶，正是照相机流行的时候。这派画家想赶上照相机，便专心致志地分别光影；他们还想赶过照相机，照相没有颜色而他们有。他们只用原色；所画的画近看但见一处处的颜色块儿，在相当的距离看，才看出光影分明的全境界。他们的看法是迅速的综合的，所以不重"本色"（人物固有的颜色，随光影而变化），不重细节。摩奈以风景画著于世；他不但是印象派，并且是露天画派（Pleinairiste）。露天画派反对画室里的画，因为都带着那黑影子；露天里就没有这种影子。这个画院里有摩奈八幅顶大的画，太大了，只好嵌在墙上。画院只有两间屋子，每幅画就是一堵墙，画的是荷花在水里。摩奈欢喜用蓝色，这几幅画也是如此。规模大，气魄厚，汪汪欲溢的池水，疏疏密密的乱荷，有些像在树荫下，有些像在太阳里。据内行说，这些画的章法，简直前无古人。

罗丹博物院在左岸。大战后罗丹的东西才收集在这里；已完成的不少，也有些未完成的。有群像，单像，胸像；有石膏仿本。还有画稿，塑稿。还有罗丹的遗物。罗丹是十九世纪雕刻大师；或称他为自然派，或称他为浪漫派。他有匠人的手艺，诗人的胸襟；他藉雕刻来表现自己的情感，取材是不平常的，手法也是不平常的。常人以为美的，他觉得已无用武之地；他专找常人以为丑的，甚至于借重性交的姿势。又因为求表现的充分，不得不夸饰与变形，所以他的东西乍一看觉得"怪"，不是玩艺儿。从前的雕刻讲究光洁，正是"裁缝不露针线迹"的道理；而浪漫派艺术家恰相反，故意要显出笔触或刀痕，让人看见他们在工作中情感激动的光景。罗丹也常如此。他们又多喜欢用塑法，因为泥随意些，那凸凸凹凹的地方，那大块儿小条儿，都可以看得清楚。

克吕尼馆（Cluny）收藏罗马与中世纪的遗物颇多，也在左岸。罗马时代执政的宫在这儿。后来法兰族诸王也住在这宫里。十五世纪的时候，宫毁了，克吕尼寺僧改建现在这所房子，作他们的下院，是"后期戈昔"与"文艺复兴"的混合式。法国王族来到巴黎，在馆里暂住过的，也很有些人。这所房子后来又归了一个考古家。他搜集了好些古董，死后由政府收买，并添凑成一万件。画，雕刻，木刻，金银器，织物，中世纪上等家具，磁器，玻璃器，应有尽有。房子还保存着原来的样子。入门就如活在几百年前的世界里，再加上陈列的零碎的东西，触鼻子满是古气。与这个馆毗连着的是罗马时代的浴室，原分冷浴热浴等，现在只看见些残门断柱（也有原在巴黎别处的），寂寞地安排着。浴室外是园子，树间草上也散布着古代及中世纪巴黎建筑的一鳞一爪，其中"圣处女门"最秀雅。

此外巴黎美术院（即小宫），装饰美术院都是杂拌儿。后者中有一间扇室，所藏都是十八世纪的扇面，是某太太的遗赠。十八世纪中国玩艺儿在欧洲颇风行，这也可见一斑。扇面满是西洋画，精工鲜丽；几百张中，只有一张中国人物，却板滞无生气。又有吉买博物院（Guimet），收藏远东宗教及美术的资料。伯希和取去敦煌的佛画，多数在这里。日本小画也有些。还有蜡人馆。据说那些蜡人做得真像，可是没见过那些人或他们的照相的，就感不到多大兴味，所以不如画与雕像。不过"隧道"里阴惨惨的，人物也代表着些阴惨惨的故事，却还可看。楼上有镜宫，满是镜子，顶上与周围用各色电光照耀，宛然千门万户，像到了万花筒里。

一九三二年春季的官"沙龙"在大宫中，顶大的院子里罗列着雕像；楼上下八十几间屋子满是画，也有些装饰美术。内行说，画像太多，真是"官"气。其中有安南阮某一幅，奖银牌；中国人一看就明白那是阮氏祖宗的影像。记得有个笑话，说一个贼混人入家厅堂偷了一幅古画，卷起夹在腋下。跨出大门，恰好碰见主人。那贼情急智生，便将画卷儿一扬，问道，"影像，要买吧？"主人自然大怒，骂了一声走进去。贼于是从容溜之乎也。那位安南阮某与此贼可谓异曲同工。大宫里，同时还有一个装饰艺术的"沙龙"，陈列的是家具，灯，织物，建筑模型等等，大都是立体派的作风。立体派本是现代艺术的一派，意大利最盛。影响大极了，建筑，家具，布匹，织物，器皿，汽车，公路，广告，书籍装订，都有立体派的份儿。平静，干脆，是古典的精神，也是这时代重理智的表现。在这个"沙龙"里看，现代的屋子内外都俨然是些几何的图案，和从前华丽的藻饰全异。还有一个"沙龙"，专陈列幽默画。画下多有说明。各画或描摹世态，或用大小文野等对照法，以传出那幽默的情味。有一幅题为《长裙子》，画的是夜宴前后客室中的景子：女客全穿短裙子，只有一人穿长的，大家的眼睛都盯着她那长出来的一截儿。她正在和一个男客谈话，似乎不留意。看她的或偏着身子，或偏着头，或操着手，或用手托着腮（表示惊讶），倚在丈夫的肩上，或打着看戏用的放大镜子，都是一副尴尬面孔。穿长裙子的女客在左首，左首共三个人；中央一对夫妇，右首三个女人，疏密向背都恰好；还点缀着些不在这一群里的客人。画也有不幽默的，也有太恶劣的；本来是幽默并不容易。

巴黎的坟场，东头以倍雷拉谢斯（Père Lachaise）为最大，占地七百二十亩，有二里多长。中间名人的坟颇多，可是道路纵横，找起来真费劲儿。阿培拉德与哀绿绮思两坟并列，上有亭子盖着；这是重修过的。王尔德的坟本葬在别处；死后九年，也迁到此场。坟上雕着个大飞人，昂着头，直着脚，长翅膀，像是合埃及的"狮人"与亚述的翅儿牛而为一，雄伟飞动，与王尔德并不很称。这是英国当代大雕刻家爱勃司坦（Epstein）的巨作；钱是一位倾慕王尔德的无名太太捐的。场中有巴什罗米（Bartholomé）雕的一座纪念碑，题为《致死者》。碑分上下两层，上层中间是死门，进去的两个人倒也行无所事的；两侧向门走的人群却牵牵拉拉，哭哭啼啼，跌跌倒倒，不得开交似的。下层像是生者的哀伤。此外北头的蒙马特，南头的蒙巴那斯两坟场也算大。茶花女埋在蒙马特场，题曰一八二四年正月十五日生，一八四七年二月三日卒。小仲马，海涅也在那儿。蒙巴那斯场有圣白乎，莫泊桑，鲍特莱尔等；鲍特莱尔的坟与纪念碑不在一处，碑上坐着一个悲伤的女人的石像。

巴黎的夜也是老牌子。单说六个地方。非洲饭店带澡堂子，可以洗蒸气澡，听黑人浓烈的音乐；店员都穿着埃及式的衣服。三藩咖啡看"爵士舞"，小小的场子上一对对男女跟着那繁声促节直扭腰儿。最警动的是那小圆木筒儿，里面像装着豆子之类。不时地紧摇一阵子。圆屋听唱法国的古歌；一扇门背后的墙上油画着蹲着在小便的女人。红磨坊门前一架小红风车，用电灯做了轮廓线；里面看小戏与女人跳舞。这在蒙马特区。蒙马特是流浪人的区域。十九世纪画家住在这一带的不少，画红磨坊的常有。塔巴林看女人跳舞，不穿衣服，意在显出好看的身子。里多在仙街，最大。看变戏法，听威尼斯夜曲。里多岛本是威尼斯娱乐的地方。这儿的里多特意砌了一个池子，也有一支"刚朵拉"，夜曲是男女对唱，不过意味到底有点儿两样。

巴黎的野色在波隆尼林与圣克罗园里才可看见。波隆尼林在西北角，恰好在塞因河河套中间，占地一万四千多亩，有公园，大路，小路，有两个湖，一大一小，都是长的；大湖里有两个洲，也是长的。要领略林子的好处，得闲闲地拣深僻的地儿走。圣克罗园还在西南，本有离宫，现在毁了，剩下些喷水和林子。林子里有两条道儿很好。一条渐渐高上去，从树里两眼望不尽；一条窄而长，漏下一线天光；远望路口，不知是云是水，茫茫一大片。但真有野味的还得数枫丹白露的林子。枫丹白露在巴黎东南，一点半钟的火车。这座林子有二十七万亩，周围一百九十里。坐着小马车在里面走，幽静如远古的时代。太阳光将树叶子照得透明，却只一圈儿一点儿地洒到地上。路两旁的树有时候太茂盛了，枝叶交错成一座拱门，低低的；远看去好像拱门那面另有一界。林子里下大雨，那一片沙沙沙沙的声音，像潮水，会把你心上的东西冲洗个干净。林中有好几处山峡，可以试腰脚，看野花野草，看旁逸斜出，稀奇古怪的石头,像枯骨。像刺猬。亚勃雷孟峡就是其一,地方大,石头多,又是忽高忽低,走起来好。

枫丹白露宫建于十六世纪,后经重修。拿破仑一八一四年临去爱而巴岛的时候,在此告别他的诸将。这座宫与法国历史关系甚多。宫房外观不美,里面却精致,家具等等也考究。就中侍从武官室与亨利第二厅最好看。前者的地板用嵌花的条子板;小小的一间屋,共用九百条之多。复壁板上也雕绘着繁细的花饰,炉壁上也满是花儿,挂灯也像花正开着。后者是一间长厅,其大少有。地板用了二万六千块,一色,嵌成规规矩矩的几何图案,光可照人。厅中间两行圆拱门。门柱下截镶复壁板,上截镶油画;楣上也画得满满的。天花板极意雕饰,金光耀眼。宫外有园子,池子,但赶不上凡尔赛宫的。

凡尔赛宫在巴黎西南,算是近郊。原是路易十三的猎宫,路易十四觉得这个地方好,便大加修饰。路易十四是所谓"上帝的代表",凡尔赛宫便是他的庙宇。那时法国贵人多一半住在宫里,伺候王上。他的侍从共一万四千人;五百人伺候他吃饭,一百个贵人伺候他起床,更多的贵人伺候他睡觉。那时法国艺术大盛,一切都成为御用的,集中在凡尔赛和巴黎两处。凡尔赛宫里装饰力求富丽奇巧,用钱无数。如金漆彩画的天花板,木刻,华美的家具,花饰,贝壳与多用错综交会的曲线纹等,用意全在教来客惊奇:这便是所谓"罗科科式"(Rococo)。宫中有镜厅,十七个大窗户。正对着十七面同样大小的镜子;厅长二百四十英尺,宽三十英尺,高四十二英尺。拱顶上和墙上画着路易十四打胜德国,荷兰,西班牙的情形,画着他是诸国的领袖,画着他是艺术与科学的广大教主。近十几年来成为世界祸根的那和约便是一九一九年六月二十八那一天在这座厅里签的字。宫旁一座大园子,也是路易十四手里布置起来的。看不到头的两行树,有万千的气象。有湖,有花园,有喷水。花园一畦一个花样,小松树一律修剪成圆锥形,集法国式花园之大成。喷水大约有四十多处,或铜雕,或石雕,处处都别出心裁,也是集大成。每年五月到九月,每月第一星期日,和别的节日,都有大水法。从下午四点起,到处银花飞舞,雾气沾人,衬着那齐斩斩的树,软茸茸的草,觉得立着看,走着看,不拘怎么看总成。海龙王喷水池,规模特别大;得等五点半钟大水法停后,让它单独来二十分钟。有时晚上大放花炮,就在这里。各色的电彩照耀着一道道喷水。花炮在喷水之间放上去,也是一道道的;同时放许多,便氤氲起一团雾。这时候电光换彩,红的忽然变蓝的,蓝的忽然变白的,真真是一眨眼。

卢梭园在爱尔莽浓镇(Ermenonville),巴黎的东北,要坐一点钟火车,走两点钟的路。这是道地乡下,来的人不多。园子空旷得很,有种荒味。大树,怒草,小湖,清风,和中国的郊野差不多,真自然得不可言。湖里有个白杨洲,种着一排白杨树,卢梭坟就在那小洲上。日内瓦的卢梭洲在仿这个;可是上海式的街市旁来那么个洲子,总有些不伦不类。

一九三一年夏天,"殖民地博览会"开在巴黎之东的万散园(Vincennes)里。那时每日人山人海。会中建筑都仿各地的式样,充满了异域的趣味。安南庙七塔参差,峥嵘肃穆,最为出色。这些都是用某种轻便材料造的,去年都拆了。各建筑中陈列着各处的出产,以及民俗。晚上人更多,来看灯光与喷水。每条路一种灯,都是立体派的图样。喷水有四五处,也是新图样;有一处叫"仙人球"喷水,就以仙人球做底样,野拙得好玩儿。这些自然都用电彩。还有一处水桥,河两岸各喷出十来道水,凑在一块儿,恰好是一座弧形的桥,教人想着走上一个水晶的世界去。

文人宅

杜甫《最能行》云,"若道士无英俊才,何得山有屈原宅?"《水经注》,秭归"县北一百六十里有屈原故宅,累石为屋基"。看来只是一堆烂石头,杜甫不过说得嘴响罢了。但代远年湮,渺茫也是当然。往近里说,《孽海花》上的"李纯客"就是李慈铭,书里记着他自撰的楹联,上句云,"保安寺街藏书一万卷";但现在走过北平保安寺街的人,谁知道哪一所屋子是他住过的?更不用提屋子里怎么个情形,他住着时怎么个情形了。要凭吊,要留连,只好在街上站一会儿出出神而已。

西方人崇拜英雄可真当回事儿,名人故宅往往保存得好。譬如莎士比亚吧,老宅子,新宅子,太太老太太宅子,都好好的;连家具什物都存着。莎士比亚也许特别些,就是别人,若有故宅可认的话,至少也在墙上用木牌标明,让访古者有低徊之处;无论宅里住着人或已经改了铺子。这回在伦敦所见的四文人宅,时代近,宅内情形比莎士比亚的还好;四所宅子大概都由私人捐款收买,布置起来,再交给公家的。

约翰生博士（Samuel Johnson, 1709—1784）宅，在旧城，是三层楼房，在一个小方场的一角上，静静的。他一七四八年进宅，直住了十一年；他太太死在这里。他和助手就在三层楼上小屋里编成了他那部大字典。那部寓言小说（allegorical novel）《剌塞拉斯》（*Rasselas*）大概也在这屋子里写成；是晚上写的，只写了一礼拜，为的要付母亲下葬的费用。屋里各处，如门堂，复壁板，楼梯，碗橱，厨房等，无不古气盎然。那著名的大字典陈列在楼下客室里；是第三版，厚厚的两大册。他编著这部字典，意在保全英语的纯粹，并确定字义；因为当时作家采用法国字的实在太多了。字典中所定字义有些很幽默：如"女诗人，母诗人也"，又如"燕麦，谷之一种，英格兰以饲马，而苏格兰则以为民食也"，都够损的。——伦敦约翰生社便用这宅子作会所。

济兹（John Keats, 1795—1821）宅，在市北汉姆司台德区（Hampstead）。他生卒虽然都不在这屋子里，可是在这儿住，在这儿恋爱，在这儿受人攻击，在这儿写下不朽的诗歌。那时汉姆司台德区还是乡下，以风景著名，不像现时人烟稠密。济兹和他的朋友布朗（Charles Armitage Brown）同住。屋后是个大花园，绿草繁花，静如隔世；中间一棵老梅树，一九二一年干死了，干子还在。据布朗的追记，济兹《夜莺歌》似乎就在这棵树下写成。布朗说："一八一九年春天，有只夜莺做窠在这屋子近处。济兹常静听它歌唱以自怡悦；一天早晨吃完早饭，他端起一张椅子坐到草地上梅树下，直坐了两三点钟。进屋子的时候，见他拿着几张纸片儿，塞向书后面去。问他，才知道是歌咏我们的夜莺之作。"这里说的梅树，也许就是花园里那一棵。但是屋前还有草地，地上也是一棵三百岁老桑树，枝叶扶疏，至今结桑椹；有人想《夜莺歌》也许在这棵树下写的。济慈的好诗在这宅子里写的最多。

他们隔壁住过一家姓布龙（Brawne）的。有位小姐叫凡耐（Fanny），让济慈爱上了，他俩订了婚，他的朋友颇有人不以为然，为的女的配不上；可是女家也大不乐意，为的济慈身体弱，又像疯疯癫癫的。济慈自己写小姐道："她个儿和我差不多——长长的脸蛋儿——多愁善感——头梳得好——鼻子不坏，就是有点小毛病——嘴有坏处有好处——脸侧面看好，正面看，又瘦又少血色，像没有骨头。身架苗条，姿态如之——胳膊好，手差点儿——脚还可以——她不止十七岁，可是天真烂漫——举动奇奇怪怪的，到处跳跳蹦蹦，给人编诨名，近来愣叫我'自美自的女孩子'——我想这并非生性坏，不过爱闹一点漂亮劲儿罢了。"

一八二〇年二月，济慈从外面回来，吐了一口血。他母亲和三弟都死在痨病上，他也是个痨病底子；从此便一天坏似一天。这一年九月，他的朋友赛焚（Joseph Severn）伴他上罗马去养病；次年二月就死在那里，葬新教坟场，才二十六岁。现在这屋子里陈列着一圈头发，大约是赛焚在他死后从他头上剪下来的。又次年，赛焚向人谈起，说他保存着可怜的济慈一点头发，等个朋友捎回英国去；他说他有个怪想头，想照他的希腊琴的样子作根别针，就用济慈头发当弦子，送给可怜的布龙小姐，只恨找不到这样的手艺人。济慈头发的颜色在各人眼里不大一样，有的说赤褐色，有的说棕色，有的说暖棕色，他二弟两口子说是金红色，赛焚追画他的像，却又画作深厚的棕黄色。布龙小姐的头发，这儿也有一并存着。

他俩订婚戒指也在这儿，镶着一块红宝石。还有一册仿四折本《莎士比亚》，是济慈常用的。他对于莎士比亚，下过一番苦工夫；书中页边行里都画着道儿，也有些精湛的评语。空白处亲笔写着他见密尔顿发和独坐重读《黎琊王》剧作两首诗;书名页上记着"给布龙凡耐,一八二〇",照年份看,准是上意大利去时送了作纪念的。珂罗版印的《夜莺歌》墨迹,有一份在这儿,另有哈代《汉姆司台德宅作》一诗手稿,是哈代夫人捐赠的,宅中出售影印本。济兹书法以秀丽胜,哈代的以苍老胜。

这屋子保存下来却并不易。一九二一年,业主想出售,由人翻盖招租。地段好,脱手一定快的;本区市长知道了,赶紧组织委员会募款一万镑。款还募得不多,投机的建筑公司已经争先向业主讲价钱。在这千钧一发的当儿,亏得市长和本区四委员迅速行动,用私人名义担保付款,才得挽回危局。后来共收到捐款四千六百五十镑(约合七八万元),多一半是美国人捐的;那时正当大战之后,为这件事在英国募款是不容易的。

加莱尔(Thomas Carlyle,1795—1881)宅,在泰晤士河旁乞而西区(Chelsea);这一区至今是文人艺士荟萃之处。加莱尔是维多利亚时代初期的散文家,当时号为"乞而西圣人"。一八三四年住到这宅子里,一直到死。书房在三层楼上,他最后一本书《弗来德力大帝传》就在这儿写的。这间房前面临街,后面是小园子;他让前后都砌上夹墙,为的怕那街上的嚣声,园中的鸡叫。他著书时坐的椅子还在;还有一件呢浴衣。据说他最爱穿浴衣,有不少件;苏格兰国家画院所藏他的画像,便穿着灰呢浴衣,坐在沙发上读书,自有一番宽舒的气象。画中读书用的架子还可看见。宅里存着他几封信,女司事愿意念给访问的人听,朗朗有味。二楼加莱尔夫人屋里放着架小屏,上面横的竖的斜的正的贴满了世界各处风景和人物的画片。

狄更斯（Charles Dickens，1812—1870）宅，在"西头"，现在是热闹地方。狄更斯出身贫贱，熟悉下流社会情形；他小说里写这种情形，最是酣畅淋漓之至。这使他成为"本世纪最通俗的小说家，又，英国大幽默家之一"，如他的老友浮斯大（John Forster）给他作的传开端所说。他一八三六年动手写《比克维克秘记》（*Pickwick Papers*），在月刊上发表。起初是绅士比克维克等行猎故事，不甚为世所重；后来仆人山姆（Sam Weller）出现，诙谐嘲讽，百变不穷，那月刊顿时风行起来。狄更斯手头渐宽，这才迁入这宅子里，时在一八三七年。

他在这里写完了《比克维克秘记》，就是这一年印成单行本。他算是一举成名，从此直到他死时，三十四年间，总是蒸蒸日上。来这屋子不多日子，他借了一个饭店举行《秘记》发表周年纪念，又举行他夫妇结婚周年纪念。住了约莫两年，又写成《块肉余生述》《滑稽外史》等。这其间生了两个女儿，房子挤不下了；一八三九年终，他便搬到别处去了。

屋子里最热闹的是画，画着他小说中的人物，墙上大大小小，突梯滑稽，满是的。所以一屋子春气。他的人物虽只是类型，不免奇幻荒唐之处，可是有真味，有人味；因此这么让人欢喜赞叹。屋子下层一间厨房，所谓"丁来谷厨房"，道地老式英国厨房，是特地布置起来的——"丁来谷"是比克维克一行下乡时寄住的地方。厨房架子上摆着带釉陶器，也都画着狄更斯的人物。这宅里还存着他的手杖，头发；一朵玫瑰花，是从他尸身上取下来的；一块小窗户，是他十一岁时住的楼顶小屋里的；一张书桌，他带到美洲去过，临死时给了二女儿，现时罩着紫色天鹅绒，蛮伶俐的。此外有他从这屋子寄出的两封信，算回了老家。

这四所宅子里的东西，多半是人家捐赠；有些是特地买了送来的，也有借得来陈列的。管事的人总是在留意搜寻着，颇为苦心热肠。经常用费大部靠基金和门票、指南等余利；但门票卖的并不多，指南照顾的更少，大约维持也不大容易。

格雷（Thomas Gray，1716—1771）以《挽歌辞》（*Elegy Written in a Country Churchyard*）著名。原题中所云"作于乡村教堂墓地中"，指司妥克波忌士（Stoke Poges）的教堂而言。诗作于一七四二格雷二十五岁时，成于一七五〇，当时诗人怀古之情，死生之感，亲近自然之意，诗中都委婉达出，而句律精妙，音节谐美，批评家以为最足代表英国诗，称为诗中之诗。诗出后，风靡一时，诵读模拟，遍于欧洲各国；历来引用极多，至今已成为英美文学教育的一部分。司妥克波忌士在伦敦西南，从那著名的温泽堡（Windsor Castle）去是很近的。四月一个下午，微雨之后，我们到了那里。一路幽静，似乎鸟声也不大听见。拐了一个小弯儿，眼前一片平铺的碧草，点缀着稀疏的墓碑；教堂木然孤立，像戏台上布景似的。小路旁一所小屋子，门口有小木牌写着格雷陈列室之类。出来一位白发老人，殷勤地引我们去看格雷墓，长方形，特别大，是和他母亲、姨母合葬的，紧挨着教堂墙下。又看水松树（yew tree），老人说格雷在那树下写《挽歌辞》来着；《挽歌辞》里提到水松树，倒是确实的。我们又兜了个大圈子，才回到小屋里，看《挽歌辞》真迹的影印本。还有几件和格雷关系很疏的旧东西。屋后有井，老人自己汲水灌园，让我们想起"灌园叟"来；临别他送我们每人一张教堂影片。

加尔东尼市场

在北平住下来的人，总知道逛庙会逛小市的趣味。你来回踱着，这儿看看，那儿站站；有中意的东西，磋磨磋磨价钱，买点儿回去让人一看，说真好；再提价钱，说哪有这么巧的。你这一乐，可没白辛苦一趟！要什么都没买成，那也不碍；就凭看中的一两件三四件东西，也够你讲讲说说的。再说在市上留连一会子，到底过了"蘑菇"的瘾，还有什么抱怨的？

伦敦人纷纷上加尔东尼市场（Caldonian Market），也正是这股劲儿。房东太太客厅里炉台儿上放着一个手榴弹壳，是盛烟灰用的。比甜瓜小一点，面上擦得精亮，方方的小块儿，界着又粗又深的黑道儿，就是蛮得好，傻得好。房东太太说还是她家先生在世时逛加尔东尼市场买回来的。她说这个市场卖旧货，可以还价，花样不少，有些是偷来的，倒也有好东西；去的人可真多。市场只在星期二星期五上午十时至下午四时开放，有些像庙会；市场外另有几家旧书旧货铺子，却似乎常做买卖，又有些像小市。

先到外头一家旧书铺。没窗没门。仰面灰蓬蓬的，土地，刚下完雨，门口还积着个小小水潭儿。从乱书堆中间进去,一看倒也分门别类的。"文学"在里间,空气变了味,扑鼻子一阵阵的——到如今三年了,不忘记,可也叫不出什么味。《圣经》最多,整整一箱子。不相干的小说左一堆右一堆;却也挑出了一本莎翁全集,几本正正经经诗选。莎翁全集当然是普通本子,可是只花了九便士,才合五六毛钱。铺子里还卖旧话匣片子,不住地开着让人听,三五个男女伙计穿梭似的张罗着。别几家铺子没进去,外边瞧了瞧,也一团灰土气。

市场门口有小牌子写着开放日期,又有一块写着"谨防扒手"——伦敦别处倒没见过这玩意儿。地面大小和北平东安市场差不多,一半带屋顶,一半露天;干净整齐,却远不如东安市场。满是摊儿,屋里没有地摊儿,露天里有。

摆摊儿的,男女老少,色色俱全;还有缠着头的印度人。卖的是日用什物,布匹,小摆设;花样也不怎样多,多一半古旧过了头。有几件日本磁器,中国货色却不见。也有卖吃的,卖杂耍的。踱了半天,看见一个铜狮子镇纸,够重的,狮子颇有点威武;要价三先令(二元余),还了一先令,没买成。快散了,却瞥见地下大大的厚厚的一本册子,拿起来翻着,原来是书纸店里私家贺年片的样本。这些旧贺年片虽是废物,却印得很好看,又各不相同;问价钱才四便士,合两毛多,便马上买了。出门时又买了个擦皮鞋的绒卷儿,也贱——到现在还用着。这时正愁大册子夹着不便,抬头却见面前立着个卖硬纸口袋的,大小都有,买了东西的人,大概全得买上那么一只;这当口门外沿路一直到大街上,挨挨擦擦的,差不离尽是提纸口袋的。——我口袋里那册贺年片样本,回国来让太太小姐孩子们瞧,都爱不释手;让她们猜价儿,至少说四元钱。我忍不住要想,逛那么一趟加尔东尼,也算值得了。

买　书

买书也是我的嗜好，和抽烟一样。但这两件事我其实都不在行，尤其是买书。在北平这地方，像我那样买，像我买的那些书，说出来真寒碜死人；不过本文所要说的既非诀窍，也算不得经验，只是些小小的故事，想来也无妨的。

在家乡中学时候，家里每月给零用一元。大部分都报效了一家广益书局，取回些杂志及新书。那老板姓张，有点儿抽肩膀，老是捧着水烟袋；可是人好，我们不觉得他有市侩气。他肯给我们这班孩子记账。每到节下，我总欠他一元多钱。他催得并不怎么紧；向家里商量商量，先还个一元也就成了。那时候最爱读的一本《佛学易解》（贾丰臻著，中华书局印行）就是从张手里买的。那时候不买旧书，因为家里有。只有一回，不知哪儿检来《文心雕龙》的名字，急着想看，便去旧书铺访求：有一家拿出一部广州套版的，要一元钱，买不起；后来另买到一部，书品也还好，纸墨差些，却只花了小洋三角。这部书还在，两三年前给换上了磁青纸的皮儿，却显得配不上。

到北平来上学入了哲学系，还是喜欢找佛学书看。那时候佛经流通处在西城卧佛寺街鹫峰寺。在街口下了车，一直走，快到城根儿了，才看见那个寺。那是个阴沉沉的秋天下午，街上只有我一个人。到寺里买了《因明入正理论疏》《百法明门论疏》《翻译名义集》等。这股傻劲儿回味起来颇有意思；正像那回从天坛出来，挨着城根，独自个儿，探险似的穿过许多没人走的碱地去访陶然亭一样。在毕业的那年，到琉璃厂华洋书庄去，看见新版韦伯斯特大字典，定价才十四元。可是十四元并不容易找。想来想去，只好硬了心肠将结婚时候父亲给做的一件紫毛（猫皮）水獭领大氅亲手拿着，走到后门一家当铺里去，说当十四元钱。柜上人似乎没有什么留难就答应了。这件大氅是布面子，土式样，领子小而毛杂——原是用了两副"马蹄袖"拼凑起来的。父亲给做这件衣服，可很费了点张罗。拿去当的时候，也踌躇了一下，却终于舍不得那本字典。想着将来准赎出来就是了。想不到竟不能赎出来，这是直到现在翻那本字典时常引为遗憾的。

　　重来北平之后，有一年忽然想搜集一些杜诗。一家小书铺叫文雅堂的给找了不少，都不算贵；那伙计是个麻子，一脸笑，是铺子里少掌柜的。铺子靠他父亲支持，并没有什么好书；去年他父亲死了，他本人不大内行，让伙计吃了，现在长远不来了，他不知怎么样。说起杜诗，有一回，一家书铺送来高丽本《杜律分韵》，两本书，索价三百元。书极不相干而索价如此之高，荒谬之至，况且书面上原购者明明写着"以银二两得之"。第二天另一家送来一样的书，只要二元钱，我立刻买下。北平的书价，离奇有如此者。

　　旧历正月里厂甸的书摊值得看；有些人天天巡礼去。我住的远，每年只去一个下午——上午摊儿少。土地祠内外人山人海摩肩接踵地来往。

也买过些零碎东西；其中有一本是《伦敦竹枝词》，花了三毛钱。买来以后，恰好《论语》要稿子，选抄了些寄去，加上一点说明，居然得着五元稿费。这是仅有的一次，买的书赚了钱。

在伦敦的时候，从寓所出来，走过近旁小街。有一家小书店门口摆着一架旧书。上前去徘徊了一下，看见一本《牛津书话选》（*The Book Lovers' Anthology*），烫花布面，装订不马虎，四百多面，本子也不小，准有七八成新，才一先令六便士，那时合中国一元三毛钱，比东安市场旧洋书还贱些。这选本节录许多名家诗文，说到书的各方面的；性质有点像叶德辉氏《书林清话》，但不像《清话》有系统；他们旨趣原是两样的。因为买这本书，结识了那掌柜的；他以后给我找了不少便宜的旧书。有一种书，他找不到旧的，便和我说，他们批购新书按七五扣，他愿意少赚一扣，按九扣卖给我。我没有要他这么办，但是很感谢他的好意。

北平沦陷那一天

二十六年七月二十七日的下午，风声很紧，我们从西郊搬到西单牌楼左近胡同里朋友的屋子里。朋友全家回南，只住着他的一位同乡和几个仆人。我们进了城，城门就关上了。街上有点儿乱，但是大体上还平静。听说敌人有哀的美敦书给我们北平的当局，限二十八日答复，实在就是叫咱们非投降不可。要不然，二十八日他们便要动手。我们那时虽然还猜不透当局的意思。但是看光景，背城一战是不可免的。

二十八日那一天，在床上便听见隆隆的声音。我们想，大概是轰炸西苑兵营了。赶紧起来，到胡同口买报去。胡同口正冲着西长安街。这儿有西城到东城的电车道，可是这当儿两头都不见电车的影子。只剩两条电车轨在闪闪的发光。街上洋车也少，行人也少。那么长一条街，显得空空的，静静的。胡同口，街两边走道儿上却站着不少闲人，东望望，西望望，都不做声，像等着什么消息似的。街中间站着一个警察，沉着脸不说话。有一个骑车的警察，扶着车和他咬了几句耳朵，又匆匆上车走了。

报上看出咱们是决定打了。我匆匆拿着报看着回到住的地方。隆隆的声音还在稀疏地响着。午饭匆匆地吃了。门口接二连三的叫"号外！号外！"买进来抢着看，起先说咱们抢回丰台，抢回天津老站了，后来说咱们抢回廊坊了，最后说咱们打进通州了。这一下午，屋里的电话铃也直响。有的朋友报告消息，有的朋友打听消息。报告的消息有的从地方政府里得来，有的从外交界得来，都和"号外"里说的差不多。我们眼睛忙着看号外，耳朵忙着听电话，可是忙得高兴极了。

六点钟的样子，忽然有一架飞机嗡嗡的出现在高空中。大家都到院子里仰起头看，想看看是不是咱们中央的。飞机绕着弯儿，随着弯儿，均匀地撒着一搭一搭的纸片儿，像个长尾巴似的。纸片儿马上散开了，纷纷扬扬的像蝴蝶儿乱飞。我们明白了，这是敌人打得不好，派飞机来撒传单冤人了。仆人们开门出去，在胡同里捡了两张进来，果然是的。满纸荒谬的劝降的话。我们略看一看，便撕掉扔了。

天黑了，白天里稀疏的隆隆的声音却密起来了。这时候屋里的电话铃也响得密起来了。大家在电话里猜着，是敌人在进攻西苑了，是敌人在进攻南苑了。这是炮声，一下一下响的是咱们的，两下两下响的是他们的。可是敌人怎么就能够打到西苑或南苑呢？谁都在闷葫芦里！一会儿警察挨家通知，叫塞严了窗户跟门儿什么的，还得准备些土，拌上尿跟葱，说是夜里敌人的飞机许来放毒气。我们不相信敌人敢在北平城里放毒气。但是仆人们照着警察吩咐的办了。我们焦急地等着电话里的好消息，直到十二点才睡。睡得不坏，模糊的凌乱的做着胜利的梦。

二十九日天刚亮，电话铃响了。一个朋友用确定的口气说，宋哲元、秦德纯昨儿夜里都走了！北平的局面变了！就算归了敌人了！他说昨儿的好消息也不是全没影儿，可是说得太热闹些。他说我们现在像从天顶上摔下来了，可是别灰心！瞧昨儿个大家那么焦急地盼望胜利的消息，那么热烈地接受胜利的消息，可见北平的人心是不死的。只要人心不死，最后的胜利终久是咱们的！等着瞧罢，北平是不会平静下去的，总有那么一天，咱们会更热闹一下。那就是咱们得着决定的胜利的日子！这个日子不久就会到来的！我相信我的朋友的话句句都不错！

蒙自杂记

我在蒙自住过五个月,我的家也在那里住过两个月。我现在常常想起这个地方,特别是在人事繁忙的时候。

蒙自小得好,人少得好。看惯了大城的人,见了蒙自的城圈儿会觉得像玩具似的,正像坐惯了普通火车的人,乍踏上个碧石小火车,会觉得像玩具似的一样。但是住下来,就渐渐觉得有意思。城里只有一条大街,不消几趟就走熟了。书店、文具店、点心店、电筒店,差不多闭了眼可以找到门儿。城外的名胜去处,南湖、湖里的嵩岛、军山、三山公园,一下午便可走遍,怪省力的。不论城里城外,在路上走,有时候会看不见一个人。整个儿天地仿佛是自己的;自我扩展到无穷远,无穷大。这教我想起了台州和白马湖,在那两处住的时候,也有这种静味。

大街上有一家卖糖粥的,带着卖煎粑粑。桌子凳子乃至碗匙等都很干净,又便宜,我们联大师生照顾的特别多。掌柜是个四川人,姓雷,白发苍苍的。他脸上常挂着微笑,却并不是巴结顾客的样儿。他爱点古玩什么的,每张桌子上,竹器磁器占着一半儿;糖粥和粑粑便摆在这些桌子上吃。他家里还藏着些"精品",高兴的时候,会特地去拿来请顾客赏玩一番。老头儿有个老伴儿,带一个伙计,就这么活着,倒也自得其乐。我们管这个铺子叫"雷稀饭",管那掌柜的也叫这名儿;他的人缘儿是很好的。

城里最可注意的是人家的门对儿。这里许多门对儿都切合着人家的姓。别地方固然也有这么办的,但没有这里的多。散步的时候边看边猜,倒很有意思。但是最多的是抗战的门对儿。昆明也有,不过按比例说,怕不及蒙自的多;多了,就造成一种氛围气,叫在街上走的人不忘记这个时代的这个国家。这似乎也算利用旧形式宣传抗战建国,是值得鼓励的。眼前旧历年就到了,这种抗战春联,大可提倡一下。

蒙自的正式宣传工作,除党部的标语外,教育局的努力,也值得记载。他们将一座旧戏台改为演讲台,又每天张贴油印的广播消息。这都是有益民众的。他们的经费不多,能够逐步做去,是很有希望的。他们又帮忙北大的学生办了一所民众夜校。报名的非常踊跃,但因为教师和座位的关系,只收了二百人。夜校办了两三个月,学生颇认真,成绩相当可观。那时蒙自的联大要搬到昆明来,便只得停了。教育局长向我表示很可惜;看他的态度,他说的是真心话。蒙自的民众相当的乐意接受宣传。联大的学生曾经来过一次灭蝇运动。四五月间蒙自苍蝇真多。有一位朋友在街上笑了一下,一张口便飞进一个去。灭蝇运动之后,街上许多食物铺子,备了冷布罩子,虽然简陋,不能不说是进步。铺子的人常和我们说:"这是你们来了之后才有的呀。"可见他们是很虚心的。

蒙自有个火把节,四乡是在阴历六月二十四晚上,城里是二十五晚上。那晚上城里人家都在门口烧着芦秆或树枝,一处处一堆堆熊熊的火光,围着些男男女女大人小孩;孩子们手里更提着烂布浸油的火球儿晃来晃去的，跳着叫着，冷静的城顿然热闹起来。这火是光，是热，是力量，是青年。四乡地方空阔，都用一棵棵小树烧；想象着一片茫茫的大黑暗里涌起一团团的热火，光景够雄伟的。四乡那些夷人，该更享受这个节，他们该更热烈地跳着叫着罢。这也许是个祓除节，但暗示着生活力的伟大，是个有意义的风俗；在这抗战时期，需要鼓舞精神的时期，它的意义更是深厚。

　　南湖在冬春两季水很少，有一半简直干得不剩一点二滴儿。但到了夏季，涨得溶溶滟滟的，真是返老还童一般。湖堤上种了成行的由加利树；高而直的干子，不差什么也有"参天"之势，细而长的叶子，像惯于拂水的垂杨，我一站到堤上禁不住想到北平的什刹海。再加上嵩岛那一带田田的荷叶，亭亭的荷花，更像什刹海了。嵩岛是个好地方，但我看还不如三山公园曲折幽静。这里只有三个小土堆儿，几个朴素小亭儿。可是回旋起伏，树木掩映，这儿那儿更点缀着一些石桌石墩之类；看上去也罢，走起来也罢，都让人有点余味可以咀嚼似的。这不能不感谢那位李嵩军长。南湖上的路都是他的军士筑的，嵩岛和军山也是他重新修整的；而这个小小的公园，更见出他的匠心。这一带他写的匾额很多。他自然不是书家，不过笔势瘦硬，颇有些英气。

　　联大租借了海关和东方汇理银行旧址，是蒙自最好的地方。海关里高大的由加利树，和一片软软的绿草是主要的调子，进了门不但心胸一宽，而且周身觉得润润的。树头上好些白鹭，和北平太庙里的"灰鹤"是一类，北方叫做"老等"。那洁白的羽毛，那伶俐的姿态，耐人看，一清早看尤好。在一个角落里有一条灌木林的甬道，夜里月光从叶缝里筛下来，该是顶有趣的。另一个角落长着些芒果树和木瓜树，可惜太阳力量不够，果实结得不肥，但沾着点热带味，也叫人高兴。银行里花多，遍地的颜色，随时都有，不寂寞。最艳丽的要数叶子花。花是浊浓的紫，脉络分明活像叶，一<u>丛丛</u>的，一片片的，真是"浓得化不开"。花开的时候真久。我们四月里去，它就开了，八月里走，它还没谢呢。

外东消夏录

引　子

这个题目是仿的高士奇的《江村消夏录》。那部书似乎专谈书画，我却不能有那么雅，这里只想谈一些世俗的事。这回我从昆明到成都来消夏。消夏本来是避暑的意思。若照这个意思，我简直是闹笑话，因为昆明比成都凉快得多，决无从凉处到热处避暑之理。消夏还有一个新意思，就是换换生活，变变样子。这是外国想头，摩登想头，也有一番大道理。但在这战时，谁还该想这个！我们公教人员谁又敢想这个！可是既然来了。不管为了多俗的事，也不妨取个雅名字，马虎点儿，就算他消夏罢。谁又去打破沙缸问到底呢？

但是问到底的人是有的。去年参加昆明一个夏令营，营地观音山。七月二十三日便散营了。前一两天，有游客问起，我们向他说这是夏令营，就要结束了。他道，"就结束了？夏令完了吗？"这自然是俏皮话。问到底本有两种，一是"耍奸心"，一是死心眼儿。若是耍奸心的话，这儿消夏一词似乎还是站不住。因为动手写的今天是八月二十八日，农历七月初十日，明明已经不是夏天而是秋天。但"录"虽然在秋天，所"录"不妨在夏天；《消夏录》尽可以只录消夏的事，不一定为了消夏而录。还是马虎点儿算了。

外东一词，指的是东门外，跟外西，外南，外北是姊妹花的词儿。成都住的人都懂，但是外省人却弄不明白。这好像是个翻译的名词，跟远东、近东、中东挨肩膀儿。固然为纪实起见，我也可以用草庐或草堂等词，因为我的确住着草房。可是不免高攀诸葛丞相，杜工部之嫌，我怎么敢那样大胆呢？我家是住在一所尼庵里，叫做"尼庵消夏录"原也未尝不可，但是别人单看题目也许会大吃一惊，我又何必故作惊人之笔呢？因此马马虎虎写下"外东消夏录"这个老老实实的题目。

夜大学

四川大学开办夜校，值得我们注意。我觉得与其匆匆忙忙新办一些大学或独立学院，不重质而重量，还不如让一些有历史的大学办办夜校的好。

眉毛高的人也许觉得夜校总不像一回事似的。但是把毕业年限定得长些，也就差不多。东吴大学夜校的成绩好像并不坏。大学教育固然注重提高，也该努力普及，普及也是大学的职分。现代大学不应该像修道院，得和一般社会打成一片才是道理。况且中国有历史的大学不多，更是义不容辞的得这么办。

现在百业发展，从业员增多，其中尽有中学毕业或具有同等学力，有志进修无门可入的人。这些人往往将有用的精力消磨在无聊的酬应和不正当的娱乐上。有了大学夜校，他们便有机会增进自己的学识技能。这也就可以增进各项事业的效率，并澄清社会的恶浊空气。

普及大学教育，有夜校，也有夜班，都得在大都市里，才能有足够的从业员来应试入学。入夜校可以得到大学毕业的资格或学位，入夜班却只能得到专科的资格或证书。学位的用处久经规定，专科资格或证书，在中国因从未办过大学夜班，还无人考虑它们的用处。现时只能办夜校；要办夜班，得先请政府规定夜班毕业的出身才成。固然有些人为学问而学问，但各项从业员中这种人大概不多，一般还是功名心切。就这一般人论，用功名来鼓励他们向学，也并不错。大学生选系，不想到功名或出路的又有多少呢？这儿我们得把眉毛放低些。

四川大学夜校分中国文学、商学、法律三组。法律组有东吴的成例，商学是当今的显学，都在意中。只有中国文学是冷货，居然三分天下有其一，好像出乎意外。不过虽是夜校，却是大学，若全无本国文化的科目，未免难乎其为大，这一组设置可以说是很得体的。这样分组的大学夜校还是初试，希望主持的人用全力来办，更希望就学的人不要三心两意的闹个半途而废才好。

人和书

"人和书"是个好名字，王楷元先生的小书取了这个名字，见出他的眼光和品味。

人和书，大而言之就是世界。世界上哪一桩事离开了人？又哪一桩事离得了书？我是说世界是人所知的一切。知者是人，自然离不了人；有知必录，便也离不开书。小而言之，人和书就是历史，人和书造成了历史；再小而言之就是传记，就是王先生这本书叙述和评论的。传记有大幅，有小品，有工笔，有漫画。这本书是小品，是漫画。虽然是大大的圈儿里一个小小的圈儿，可是不含糊是在大圈儿里，所叙的虽小，所见的却大。

这本书分三部分。第一部分是传记，第三部分也是片段的传记，第二部分评介的著作还是传记。王先生有意"引起读者研读传记的兴趣"，自序里说得明白。撰录近代和现代名人轶事，所谓笔记小说，传统很长。这个传统移植到报纸上，也已多年。可见一般人原是喜欢这种小品的。但是"五四"以来，"现在"遮掩了"过去"，一般青年人减少了历史的兴味，对于这类小品不免冷淡了些。他们可还喜欢简短零星的文坛消息等等，足见到底不能离开人和书。

自序里希望读者"对于伟大人物，由景慕而进于效法，人人以圣贤自许，猛勇精进"。这是一个宏愿。近来在《美国文摘》里见到一文，叙述一位作家叫小亚吉尔的，如何因《褴褛的狄克》一部书而成名，如何专写贫儿努力致富的故事，风行全国，鼓舞人心。他写的是"工作和胜利，上进和前进的故事"，在美国文学中创一新派。他的时代虽然在一九二九以前就过去了，但是许多自己造就的人都还纪念着他的书的深广的影响。可见文学的确有促进人生的力量。王先生的宏愿是可以达成的，有志者大家自勉好了。

成都诗

据说成都是中国第四大城。城太大了，要指出它的特色倒不易。说是有些像北平，不错，有些个。既像北平，似乎就不成其为特色了？然而不然，妙处在像而不像。我记得一首小诗，多少能够抓住这一点儿，也就多少能够抓住这座大城。

这是易君左先生的诗，题目好像就是"成都"两个字。诗道：

> 细雨成都路，微尘护落花。据门撑古木，绕屋噪栖鸦。
> 入暮旋收市，凌晨即品茶。承平风味足，楚客独兴嗟。

住过成都的人该能够领略这首诗的妙处。它抓住了成都的闲味。北平也闲得可以的，但成都的闲是成都的闲，像而不像，非细辨不知。

"绕屋噪栖鸦"，自然是那些"据门撑"着的"古木"上栖鸦在噪着。这正是"入暮"的声音和颜色。但是吵着的东南城有时也许听不见，西北城人少些，尤其住宅区的少城，白昼也静悄悄的，该听得清楚那悲凉的叫唤罢。

成都春天常有毛毛雨，而成都花多，爱花的人家也多，毛毛雨的春天倒正是养花天气。那时节真所谓"天街小雨润如酥"，路相当好，有点泥滑滑，却不至于"行不得也哥哥"。缓缓的走着，呼吸着新鲜而润泽的空气，叫人闲到心里，骨头里。若是在庭园中踱着，时而看见一些落花，静静的飘在微尘里，贴在软地上，那更闲得没有影儿。

成都旧宅于门前常栽得有一株泡洞树或黄桷树，粗而且大，往往叫人只见树，不见屋，更不见门洞儿。说是"撑"，一点儿不冤枉，这些树戆粗偃蹇，老气横秋，北平是见不着的。可是这些树都上了年纪，也只闲闲的"据"着"撑"着而已。

成都收市真早。前几年初到，真搞不惯；晚八点回家，街上铺子便劈劈拍拍一片上门声，暗暗淡淡的，够惨。"早睡早起身体好"，农业社会的习惯,其实也不错。这儿人起得也真早,"入暮旋收市,凌晨即品茶",是不折不扣的实录。

北平的春天短而多风尘,人家门前也有树,可是成行的多,独据的少。有茶楼,可是不普及,也不够热闹的。北平的闲又是一副格局,这里无须详论。"楚客"是易先生自称。他"兴嗟"于成都的"承平风味"。但诗中写出的"承平风味",其实无伤于抗战;我们该嗟叹的恐怕是别有所在的。我倒是在想,这种"承平风味"战后还能"承"下去不能呢?在工业化的新中国里,成都这座大城该不能老是这么闲着罢。

蛇　尾

动手写《引子》的时候,一鼓作气,好像要写成一本书。但是写完了上一段,不觉再三衰竭了。倒底已是秋天,无夏可消,也就"录"不下去了。古人说得好,"乘兴而来,兴尽而返",只好以此解嘲。这真是蛇尾,虽然并不见虎头。本想写完上段就戛然而止,来个神龙见首不见尾。可是虎头还够不上,还闹什么神龙呢?话说回来,虎头既然够不上,蛇尾也就称不得,老实点,称为蛇足,倒还有个样儿。

重庆行记

这回暑假到成都看看家里人和一些朋友，路过陪都，停留了四日。每天真是东游西走，几乎车不停轮，脚不停步。重庆真忙，像我这个无事的过客，在那大热天里，也不由自主地好比在旋风里转，可见那忙的程度。这倒是现代生活现代都市该有的快拍子。忙中所见，自然有限，并且模糊而不真切。但是换了地方，换了眼界，自然总觉得新鲜些，这就乘兴记下了一点儿。

飞

我从昆明到重庆是飞的。人们总羡慕海阔天空，以为一片茫茫，无边无界，必然大有可观。因此以为坐海船坐飞机是"不亦快哉！"其实也未必然。晕船晕机之苦且不谈，就是不晕的人或不晕的时候，所见虽大，也未必可观。海洋上见的往往是一片汪洋，水，水，水。当然有浪，但是浪小了无可看，大了无法看——那时得躲进舱里去。船上看浪，远不如岸上，更不如高处。海洋里看浪，也不如江湖里，海洋里只是水，只是浪，显不出那大气力。江湖里有的是遮遮碍碍的，山哪，城哪，什么的，倒容易见出一股劲儿。"江间波浪兼天涌"为的是巫峡勒住了江水；"波撼岳阳城"，得有那岳阳城，并且得在那岳阳城楼上看。

不错，海洋里可以看日出和日落，但是得有运气。日出和日落全靠云霞烘托才有意思。不然，一轮呆呆的日头简直是个大傻瓜！云霞烘托虽也常有，但往往淡淡的，懒懒的，那还是没意思。得浓，得变，一眨眼一个花样，层出不穷，才有看头。这是可遇而不可求的。平生只见过两回的落日，都在陆上，不在水里。水里看见的，日出也罢，日落也罢，只是些傻瓜而已。这种奇观若是有意为之，大概白费气力居多。有一次大家在衡山上看日出，起了个大清早等着。出来了，出来了，有些人跳着嚷着。那时一丝云彩没有，日光直射，教人睁不开眼，不知那些人看到了些什么，那么跳跳嚷嚷的。许是在自己催眠吧。自然，海洋上也有美丽的日落和日出，见于记载的也有。但是得有运气，而有运气的并不多。

赞叹海的文学，描摹海的艺术，创作者似乎是在船里的少，在岸上的多。海太大太单调，真正伟大的作家也许可以单刀直入，一般离了岸却掉不出枪花来，像变戏法的离开了道具一样。这些文学和艺术引起未曾航海的人许多幻想，也给予已经航海的人许多失望。天空跟海一样，也大也单调。日月星的，云霞的文学和艺术似乎不少，都是下之视上，说到整个儿天空的却不多。星空，夜空还见点儿，昼空除了"青天""明蓝的晴天"或"阴沉沉的天"一类词儿之外，好像再没什么说的。但是初次坐飞机的人虽无多少文学艺术的背景帮助他的想象，却总还有那"天高任鸟飞"的想象；加上别人的经验，上之视下，似乎不只是苍苍而已，也有那翻腾的云海，也有那平铺的锦绣。这就够揣摩的。

但是坐过飞机的人觉得也不过如此，云海飘飘拂拂的弥漫了上下四方，的确奇。可是高山上就可以看见；那可以是云海外看云海，似乎比飞机上云海中看云海还清切些。苏东坡说得好："不识庐山真面目，只缘身在此山中。"飞机上看云，有时却只像一堆堆破碎的石头，虽也算得天上人间，可是我们还是愿看流云和停云，不愿看那死云，那荒原上的乱石堆。至于锦绣平铺，大概是有的，我却还未眼见。我只见那"亚州第一大水扬子江"可怜得像条臭水沟似的。城市像地图模型，房屋像儿童玩具，也多少给人滑稽感。自己倒并不觉得怎样藐小，却只不明白自己是什么玩意儿。假如在海船里有时会觉得自己是傻子，在飞机上有时便会觉得自己是丑角吧。然而飞机快是真的，两点半钟，到重庆了，这倒真是个"不亦快哉"！

热

昆明虽然不见得四时皆春，可的确没有一般所谓夏天。今年直到七月初，晚上我还随时穿上衬绒袍。飞机在空中走，一直不觉得热，下了机过渡到岸上，太阳晒着，也还不觉得怎样热。在昆明听到重庆已经很热。记起两年前端午节在重庆一间屋里坐着，什么也不做，直出汗，那是一个时雨时晴的日子。想着一下机必然汗流浃背，可是过渡花了半点钟，满晒在太阳里，汗珠儿也没有沁出一个。后来知道前两天刚下了雨，天气的确清凉些，而感觉既远不如想象之甚，心里也的确清凉些。

滑竿沿着水边一线的泥路走，似乎随时可以滑下江去，然而毕竟上了坡。有一个坡很长，很宽，铺着大石板。来往的人很多，他们穿着各样的短衣，摇着各样的扇子，真够热闹的。片段的颜色和片段的动作混成一幅斑驳陆离的画面，像出于后期印象派之手。我赏识这幅画，可是好笑那些人，尤其是那些扇子。那些扇子似乎只是无所谓的机械的摇着，好像一些无事忙的人。当时我和那些人隔着一层扇子，和重庆也隔着一层扇子，也许是在滑竿儿上坐着，有人代为出力出汗，会那样心地清凉罢。

第二天上街一走，感觉果然不同，我分到了重庆的热了。扇子也买在手里了。穿着成套的西服在大太阳里等大汽车，等到了车，在车里挤着，实在受不住，只好脱了上装，摺起挂在膀子上。有一两回勉强穿起上装站在车里，头上脸上直流汗，手帕子简直揩抹不及，眉毛上，眼镜架上常有汗偷偷的滴下。这偷偷滴下的汗最教人担心，担心它会滴在面前坐着的太太小姐的衣服上，头脸上，就不是太太小姐，而是绅士先生，也够那个的。再说若碰到那脾气躁的人，更是吃不了兜着走。曾在北平一家戏园里见某甲无意中碰翻了一碗茶，泼些在某乙的竹布长衫上，某甲直说好话，某乙却一声不响的拿起茶壶向某甲身上倒下去。碰到这种人，怕会大闹街车，而且是越闹越热，越热越闹，非到宪兵出面不止。

话虽如此，幸而倒没有出什么岔儿，不过为什么偏要白白的将上装挂在膀子上，甚至还要勉强穿上呢？大概是为的绷一手儿罢。在重庆人看来，这一手其实可笑，他们的夏威夷短裤儿照样绷得起，何必要多出汗呢？这儿重庆人和我到底还隔着一个心眼儿。再就说防空洞罢，重庆的防空洞，真是大大有名。死心眼儿的以为防空洞只能防空，想不到也能防热的，我看沿街的防空洞大半开着，洞口横七竖八的安些床铺、马扎子、椅子、凳子，横七竖八的坐着、躺着各样衣着的男人、女人。在街心里走过，瞧着那懒散的样子，未免有点儿烦气。这自然是死心眼儿，但是多出汗又好烦气，我似乎倒比重庆人更感到重庆的热了。

行

衣食住行,为什么却从行说起呢?我是行客,写的是行记,自然以为行第一。到了重庆,得办事,得看人,非行不可,若是老在屋里坐着,压根儿我就不会上重庆来了。再说昆明市区小,可以走路;反正住在哪儿,这回办不完的事,还可以留着下回办,不妨从从容容的,十分忙或十分懒的时候,才偶尔坐回黄包车、马车或公共汽车。来到重庆可不能这么办,路远、天热、日子少、事情多,只靠两腿怎么也办不了。况这儿的车又相应、又方便,又何乐而不坐坐呢?

前几年到重庆,似乎坐滑竿最多,其次黄包车,其次才是公共汽车。那时重庆的朋友常劝我坐滑竿,因为重庆东到西长,有一圈儿马路,南到北短,中间却隔着无数层坡儿。滑竿可以爬坡,黄包车只能走马路,往往要兜大圈子。至于公共汽车,常常挤得水泄不通,半路要上下,得费出九牛二虎之力,所以那时我总是起点上终点下的多,回数自然就少。坐滑竿上下坡,一是脚朝天,一是头冲地,有些惊人,但不要紧,滑竿夫倒把得稳。从前黄包车下打铜街那个坡,却真有惊人的着儿,车夫身子向后微仰,两手紧压着车把,不拉车而让车子推着走,脚底下不由自主的忽紧忽慢,看去有时好像不点地似的,但是一个不小心,压不住车把,车子会翻过去,那时真的是脚不点地了,这够险的。所以后来黄包车禁止走那条街,滑竿现在也限制了,只准上坡时坐。可是公共汽车却大进步了。

这回坐公共汽车最多,滑竿最少。重庆的公用汽车分三类,一是特别快车,只停几个大站,一律廿五元,从哪儿坐到哪儿都一样,有些人常拣那候车人少的站口上车，兜个圈子回到原处，再向目的地坐；这样还比走路省时省力，比雇车省时省力省钱。二是专车，只来往政府区的上清寺和商业区的都邮街之间，也只停大站，廿五元。三是公共汽车，站口多，这回没有坐，好像一律十五元，这种车比较慢，行客要的是快，所以我没有坐。慢固然因停的多，更因为等的久。重庆汽车，现在很有秩序了，大家自动的排成单行，依次而进，坐位满人，卖票人便宣布还可以挤几个，意思是还可以"站"几个。这时愿意站的可以上前去，不妨越次，但是还得一个跟一个"挤"满了，卖票宣布停止，叫等下次车，便关门吹哨子走了。公共汽车站多价贱，排班老是很长，在腰站上，一次车又往往上不了几个，因此一等就是二三十分钟，行客自然不能那么耐着性儿。

衣

二十七年春初过桂林，看见满街都是穿灰布制服的，长衫极少，女子也只穿灰衣和裙子。那种整齐，利落，朴素的精神，叫人肃然起敬；这是有训练的公众。后来听说外面人去得多了，长衫又多起来了。国民革命以来，中山服渐渐流行，短衣日见其多，抗战后更其盛行。从前看不起军人，看不惯洋人，短衣不愿穿，只有女人才穿两截衣，哪有堂堂男子汉去穿两截衣的。可是时世不同了，男子倒以短装为主，女子反而穿一截衣了。桂林长衫增多，增多的大概是些旧长衫，只算是回光返照。可是这两三年各处却有不少的新长衫出现，这是因为公家发的平价布不能做短服，只能做长衫，是个将就局儿。相信战后材料方便，还要回到短装的，这也是一种现代化。

四川民众苦于多年的省内混战，对于兵字深恶痛绝，特别称为"二尺五"和"棒客"，列为一等人。我们向来有"短衣帮"的名目，是泛指，"二尺五"却是特指，可都是看不起短衣。四川似乎特别看重长衫，乡下人赶场或入市，往往头缠白布，脚登草鞋，身上却穿着青布长衫。是粗布，有时很长，又常东补一块，西补一块的，可不含糊是长衫。也许向来是天府之国，衣食足而后知礼义，便特别讲究仪表，至今还留着些流风馀韵罢？然而城市中人却早就在赶时髦改短装了。短装原是洋派，但是不必遗憾，赵武灵王不是改了短装强兵强国吗？短装至少有好些方便的地方：夏天穿个衬衫短裤就可以大模大样的在街上走，长衫就似乎不成。只有广东天热，又不像四川在意小节，短衫裤可以行街。可是所谓短衫裤原是长裤短衫，广东的短衫又很长，所以还行得通，不过好像不及衬衫短裤的派头。

不过衬衫短裤似乎到底是便装，记得北平有个大学开教授会，有一位教授穿衬衫出入，居然就有人提出风纪问题来。三年前的夏季，在重庆我就见到有穿衬衫赴宴的了，这是一位中年的中级公务员，而那宴会是很正式的，座中还有位老年的参政员。可是那晚的确热，主人自己脱了上装，又请客人宽衣，于是短衫和衬衫围着圆桌子，大家也就一样了。西服的客人大概搭着上装来，到门口穿上，到屋里经主人一声"宽衣"，便又脱下，告辞时还是搭着走。其实真是多此一举，那么热还绷个什么呢？不如衬衫入座倒干脆些。可是中装的却得穿着长衫来去，只在室内才能脱下。西服客人累累赘赘带着上装，倒可以陪他们受点儿小罪，叫他们不至于因为这点不平而对于世道人心长吁短叹。

战时一切从简，衬衫赴宴正是"从简"。"从简"提高了便装的地位，于是乎造成了短便装的风气。先有皮茄克，春秋冬三季（在昆明是四季），大街上到处都见，黄的、黑的、拉练的、扣钮的、收底的、不收底边的，花样繁多。穿的人青年中年不分彼此，只除了六十以上的老头儿。从前穿的人多少带些个"洋"关系，现在不然，我曾在昆明乡下见过一个种地的，穿的正是这皮茄克，虽然旧些。不过还是司机穿的最早，这成个司机文化一个重要项目。皮茄克更是哪儿都可去，昆明我的一位教授朋友，就穿着一件老皮茄克教书、演讲、赴宴、参加典礼，到重庆开会，差不多是皮茄克为记。这位教授穿皮茄克，似乎在学晏子穿狐裘，三十年就靠那一件衣服，他是不是赶时髦，我不能冤枉人，然而皮茄克上了运是真的。

再就是我要说的这两年至少在重庆风行的夏威夷衬衫，简称夏威夷衫，最简称夏威衣。这种衬衫创自夏威夷，就是檀香山，原是一种土风。夏威夷岛在热带，译名虽从音，似乎也兼义。夏威夷衣自然只宜于热天，只宜于有"夏威"的地方，如中国的重庆等。重庆流行夏威衣却似乎只是近一两年的事。去年夏天一位朋友从重庆回到昆明，说是曾看见某首长穿着这种衣服在别墅的路上散步，虽然在黄昏时分，我的这位书生朋友总觉得不大像样子。今年我却看见满街都是的，这就是所谓上行下效罢？

夏威衣翻领像西服的上装，对襟面袖，前后等长，不收底边，还开岔儿，比衬衫短些。除了翻领，简直跟中国的短衫或小衫一般无二。但短衫穿不上街，夏威衣即可堂哉皇哉在重庆市中走来走去。那翻领是具体而微的西服，不缺少洋味，至于凉快，也是有的。夏威衣的确比衬衫通风；而看起来飘飘然，心上也爽利。重庆的夏威衣五光十色，好像白绸子黄卡机居多，土布也有，绸的便更见其飘飘然，配长裤的好像比配短裤的多一些。在人行道上有时通过持续来了三五件夏威衣，一阵飘过去似的，倒也别有风味，参差零落就差点劲儿。夏威衣在重庆似乎比皮茄克还普遍些，因为便宜得多，但不知也会像皮茄克那样上品否。到了成都时，宴会上遇见一位上海新来的青年衬衫短裤入门，却不喜欢夏威衣（他说上海也有），说是无礼貌。这可是在成都、重庆人大概不会这样想吧？

回来杂记

回到北平来，回到原来服务的学校里，好些老工友见了面用道地的北平话道："您回来啦！"是的，回来啦。去年刚一胜利，不用说是想回来的。可是这一年来的情形使我回来的心淡了，想象中的北平，物价像潮水一般涨，整个的北平也像在潮水里晃荡着。然而我终于回来了。飞机过北平城上时，那棋盘似的房屋，那点缀着的绿树，那紫禁城，那一片黄琉璃瓦，在晚秋的夕阳里，真美。在飞机上看北平市，我还是第一次。这一看使我联带地想起北平的多少老好处，我忘怀一切，重新爱起北平来了。

在西南接到北平朋友的信，说生活虽艰难，还不至如传说之甚，说北平的街上还跟从前差不多的样子。是的，北平就是粮食贵得凶，别的还差不离儿。因为只有粮食贵得凶，所以从上海来的人，简直松了一大口气，只说"便宜呀！便宜呀！"我们从重庆来的，却没有这样胃口。再说虽然只有粮食贵得凶，然而粮食是人人要吃日日要吃的。这是一个浓重的阴影，罩着北平的将来。但是现在谁都有点儿且顾眼前，将来，管得它呢！粮食以外，日常生活的必需品，大致看来不算少；不是必需而带点儿古色古香的那就更多。旧家具，小玩意儿，在小市里，地摊上，有得挑选的，价钱合式，有时候并且很贱。这是北平老味道，就是不大有耐心去逛小市和地摊的我，也深深在领略着。从这方面看，北平算得是"有"的都市，西南几个大城比起来真寒碜相了。再去故宫一看，吓，可了不得！虽然曾游过多少次，可是从西南回来这是第一次。东西真多，小市和地摊儿自然不在话下。逛故宫简直使人不想买东西，买来买去，买多买少，算得什么玩意儿！北平真"有"，真"有"它的！

北平不但在这方面和从前一样"有"，并且在整个生活上也差不多和从前一样闲。本来有电车，又加上了公共汽车，然而大家还是悠悠儿的。电车有时来得很慢，要等得很久。从前似乎不至如此，也许是线路加多，车辆并没有比例的加多吧？公共汽车也是来得慢，也要等得久。好在大家有的是闲工夫，慢点儿无妨，多等点时候也无妨。可是刚从重庆来的却有些不耐烦。别瞧现在重庆的公共汽车不漂亮，可是快，上车，卖票，下车都快。也许是无事忙，可是快是真的。就是在排班等着罢，眼看着一辆辆来车片刻间上满了客开了走，也觉痛快，比望眼欲穿的看不到来车的影子总好受些。重庆的公共汽车有时也挤，可是从来没有像我那回坐宣武门到前门的公共汽车那样，一面挤得不堪，一面卖票人还在中途站从容地给争着上车的客人排难解纷。这真闲得可以。

现在北平几家大型报都有几种副刊，中型报也有在拉人办副刊的。副刊的水准很高，学术气非常重。各报又都特别注重学校消息，往往专辟一栏登载。前一种现象别处似乎没有，后一种现象别处虽然有，却不像这儿的认真——几乎有闻必录。北平早就被称为"大学城"和"文化城"，这原是旧调重弹，不过似乎弹得更响了。学校消息多，也许还可以认为有点生意经；也许北平学生多，这么着报可以多销些？副刊多却决不是生意经，因为有些副刊的有些论文似乎只有一些大学教授和研究院学生能懂。这种论文原应该出现在专门杂志上，但目前出不起专门杂志，只好暂时委屈在日报的余幅上：这在编副刊的人是有理由的。在报馆方面，反正可以登载的材料不多，北平的广告又未必太多，多来它几个副刊，一面配合着这古城里看重读书人的传统，一面也可以镇静镇静这多少有点儿晃荡的北平市，自然也不错。学校消息多，似乎也有点儿配合着看重读书人的传统的意思。研究学术本来要悠闲，这古城里向来看重的读书人正是那悠闲的读书人。我也爱北平的学术空气，自己也只是一个悠闲的读书人，并且最近也主编了一个带学术性的副刊，不过还是觉得这么多的这么学术的副刊确是北平特有的闲味儿。

然而北平究竟有些和从前不一样了。说它"有"罢，它"有"贵重的古董玩器，据说现在主顾太少了。从前买古董玩器送礼，可以巴结个一官半职的。现在据说懂得爱古董玩器的就太少了。礼还是得送，可是上了句古话，什么人爱钞，什么人都爱钞了。这一来倒是简单明了，不过不是老味道了。古董玩器的冷落还不足奇，更使我注意的是中山公园和北海等名胜的地方，也萧条起来了。我刚回来的时候，天气还不冷，有一天带着孩子们去逛北海。大礼拜的，漪澜堂的茶座上却只寥寥的几个人。听隔家茶座的伙计在向一位客人说没有点心卖，他说因为客人少，不敢预备。这些原是中等经济的人物常到的地方；他们少来，大概是手头不宽心头也不宽了吧。

中等经济的人家确乎是紧起来了。一位老住北平的朋友的太太，原来是大家小姐，不会做家里粗事，只会做做诗，画画画。这回见了面，瞧着她可真忙。她告诉我，用人减少了，许多事只得自己干；她笑着说现在操练出来了。她帮忙我捆书,既麻利,也还结实;想不到她真操练出来了。这固然也是好事,可是北平到底不和从前一样了。穷得没办法的人似乎也更多了。我太太有一晚九点来钟带着两个孩子走进宣武门里一个小胡同,刚进口不远,就听见一声"站住!"向前一看,十步外站着一个人,正在从黑色的上装里掏什么,说时迟,那时快,顺着灯光一瞥,掏出来的乃是一把明晃晃的尖刀!我太太大声怪叫,赶紧转身向胡同口跑,孩子们也跟着怪叫,跟着跑。绊了石头,母子三个都摔倒;起来回头一看,那人也转了身向胡同里跑。这个人穿得似乎还不寒尘,白白的脸,年轻轻的。想来是刚走这个道儿,要不然,他该在胡同中间等着,等来人近身再喊"站住!"这也许真是到了无可奈何才来走险的。近来报上常见路劫的记载,想来这种新手该不少罢。从前自然也有路劫,可没有听说这么多。北平是不一样了。

电车和公共汽车虽然不算快,三轮车却的确比洋车快得多。这两种车子的竞争是机械和人力的竞争,洋车显然落后。洋车夫只好更贱卖自己的劳力。有一回雇三轮儿,出价四百元,三轮儿定要五百元。一个洋车夫赶上来说:"我去,我去。"上了车他向我说要不是三轮儿,这么远这个价他是不干的。还有在雇三轮儿的时候常有洋车夫赶上来,若是不理他,他会说"不是一样吗?"可是,就不一样!三轮车以外,自行车也大大地增加了。骑自行车可以省下一大笔交通费。出钱的人少,出力的人就多了。省下的交通费可以帮补帮补肚子,虽然是小补,到底是小补啊。可是现在北平街上可不是闹着玩儿的,骑车不但得出力,有时候还得拼命。按说北平的街道够宽的,可是近来常出事儿。我刚回来的一礼拜,就死伤了五六个人。其中王振华律师就是在自行车上被撞死的。这种交通的混乱情形,美国军车自然该负最大的责任。但是据报载,交通警察也很怕咱们自己的军车。警察却不怕自行车，更不怕洋车和三轮儿。他们对洋车和三轮儿倒是一视同仁，一个不顺眼就拳脚一齐来。曾在宣武门里一个胡同口看见一辆三轮儿横在口儿上和人讲价，一个警察走来，不问三七二十一，抓住三轮车夫一顿拳打脚踢。拳打脚踢倒从来如此，他却骂得怪，他骂道："×你有民主思想的妈妈！"那车夫挨着拳脚不说话，也是从来如此。可是他也怪，到底是三轮车夫罢，在警察去后，却向着背影责问道："你有权利打人吗？"这儿看出了时代的影子，北平是有点儿晃荡了。

别提这些了，我是贪吃得了胃病的人，还是来点儿吃的。在西南大家常谈到北平的吃食，这呀那的，一大堆。我心里却还惦记一样不登大雅的东西，就是马蹄儿烧饼夹果子。那是一清早在胡同里提着筐子叫卖的。这回回来却还没有吃到。打听住家人，也说少听见了。这马蹄儿烧饼用硬面做，用吊炉烤，薄薄的，却有点儿韧，夹果子（就是脆而细的油条）最是相得益彰，也脆，也有咬嚼，比起有心子的芝麻酱烧饼有意思得多。可是现在劈柴贵了，吊炉少了，做马蹄儿并不能多卖钱，谁乐意再做下去！于是大家一律用芝麻酱烧饼来夹果子了。芝麻酱烧饼厚，倒更管饱些。然而，然而不一样了。

（京）新登字083号

图书在版编目（CIP）数据

朱自清散文 / 朱自清著. — 北京：中国青年出版社，2021.1（2024.12重印）
（新时代青少年成长文库）
ISBN 978-7-5153-6271-7

Ⅰ.①朱… Ⅱ.①朱… Ⅲ.①散文集－中国－现代
Ⅳ.①I266

中国版本图书馆CIP数据核字（2020）第261500号

策　　划：张健为　陈章乐
统　　筹：马惠敏　彭宇珂
责任编辑：曾玉立　岳　虹
书籍设计：瞿中华

出版发行：中国青年出版社
社址：北京市东城区东四十二条21号
邮政编码：100708
网址：www.cyp.com.cn
门市部：010-57350370
编辑部：010-57350520
印刷：北京中科印刷有限公司
经销：新华书店
开本：880mm×1230mm　1/32
印张：6.75
插页：2
字数：155千字
版次：2021年1月北京第1版
印次：2024年12月北京第2次印刷
印数：5001－9000册
定价：32.00元

本图书如有印装质量问题，请凭购书发票与质检部联系调换
联系电话：（010）57350337